ALL THE LOVE POEMS OF SHAKESPEARE

后浪 插图珍藏版

莎士比亚
爱情诗集

[英]威廉·莎士比亚 著
[英]埃里克·吉尔 绘
曹明伦 译

江苏凤凰文艺出版社

目录

1
❦ 译者说明 ❦

9
❦ 维纳斯与阿多尼 ❦

57
❦ 十四行诗 ❦

141
❦ 情女怨 ❦

155
❦ 爱情追寻者 ❦

175
❦ 注释 ❦

译者说明

正如司各特（Walter Scott, 1771—1832）在以历史小说家著称之前就已经是著名诗人一样，莎士比亚（William Shakespeare, 1564—1616）在以剧作家闻名之前也早已蜚声英国诗坛。在伊丽莎白时代，知识界和普通读者都更多地把他看作诗人。

莎士比亚的诗歌大部分都写爱情。1947 年，西尔万出版社（Sylvan Press）把莎士比亚的爱情诗汇编成一册，配以英国著名艺术家埃里克·吉尔（Eric Gill, 1882—1940）的精美插图，以《莎士比亚爱情诗集》（*All the Love Poems of Shakespeare*）为书名在纽约出版。这部诗集依序收录了长诗《维纳斯与阿多尼》（*Venus and Adonis*）、《十四行诗》（*Sonnets*）、长诗《情女怨》（*A Lover's Complaint*）和诗集《爱情追寻者》（*The Passionate Pilgrim*）。这个中文译本就是依据西尔万出版社 1947 年版翻译和编排的。

《维纳斯与阿多尼》初版于 1593 年，是那个时代最受读者欢迎的爱情叙事长诗。虽说其主要读者对象是那些受过良好教育、对拉丁文学和英国经典文学都颇具鉴赏力的高雅之士，但据 1622 年出版的一本书记载，当时有修道院的神父也会在晚餐后读一读莎士比亚描述的爱神维纳斯追求美少年阿多尼的浪漫故事。根据莎学专家的考证，这部装帧优雅、印刷精美的长诗在莎士比亚逝世前就重印了 8 次，这使他的诗作在当时成了发行甚广的畅销书。这首被莎翁自称为"处女作"（the first heir of my invention）的长诗，故事清新明快，音韵优美和谐，比喻精巧，语言瑰丽，时而机智风趣，时而凄切哀婉，把爱神维纳斯塑造成了一个娇艳而奔放、敢于追求世俗爱情的女性形象。

《十四行诗》初版于 1609 年。书中 154 首十四行诗可分为三个部分，诗人在第一部分（第1—126首）歌颂了他与一位美貌青年之间炽热的友情，劝那位青年娶妻生子，繁衍其美，同时也悲叹这位朋友被诗人自己的情人引诱，并表达了他因这位朋友喜欢另一位诗人而产生的懊恼之情；在第二部分（第127—152首），诗人审视了自己对一位"从他身旁把天使引开"的女人（黑肤女郎）的迷恋之情；最后两首诗是对一首写爱火被冷泉浇灭的希腊讽刺短诗的模仿，似乎与前两部分的内容无关，所以单独为一部分，不过若把这两首诗中的"我的情人"看成黑肤女郎，这两首诗也可以归入第二部分。由于莎士比亚十四行诗是用第一人称抒情叙事的，加之华兹华斯在两个世纪后写过"别小看十四行诗，莎士比亚曾凭这把钥匙敞开其心扉"，所以常有人认为，莎士比亚的十四行诗有自传的性质。几百年来，莎学家们一直试图证明诗中的青年男子和黑肤女郎到底是谁，不过各种推测最后都因证据不足而不了了之。然而，正如有莎学专家指出的那样，难以确定诗中青年男子和黑肤女郎的身份，反倒能鼓励我们把注意力集中于这些十四行诗的艺术品质。这些诗虽是写给朋友和情人的，但涉及的内容十分深广，已远远超出了对友谊和爱情的咏叹，处处激荡着诗人对真善美的讴歌，对假恶丑的抨击，对人性解放、个性尊严和社会公平的向往。而经过莎翁的实践和改造，英语十四行诗的形式也变得更加精巧，更加完美。这154首十四行诗实乃莎翁人文主义精神发展成熟的标志，是其高超艺术水平的一座丰碑。

《情女怨》也于1609年问世，当时与《十四行诗》合为一书出版。曾有学者因这首诗中出现了若干不见于莎翁其他作品的外来词语（主要是拉丁语）而怀疑此诗不是出于莎士比亚的手笔，但许多学者认为这种怀疑根据不足。近年来这种争论趋于平息。河滨版《莎士比亚全集》（*The Riverside Shakespeare*）的编者认为，《情女怨》可能是一部尚未写完的长诗，虽算不上莎翁的主要作品，但从艺术品质和众多评论家的赞誉来看，这首诗即便不能为莎翁的成就增辉，但也不会让莎翁的光辉暗淡。

诗集《爱情追寻者》的初版只有一个残本存世。残本书页不全，版权页佚失，因此无法考证这册小书最早出版于何年。该书第二版现存两个全本，其版权页标明出版日期为1599年，出版地为伦敦，作者署名为莎士比亚。但由于这本小书汇编的诗歌形式多样，格律杂陈，除其中5首被确认为莎翁作品外，其余各首的作者身份一直存疑，有人认为这些诗是莎翁崇拜者的仿作。不过几百年来，《爱情追寻者》一直归于莎翁名下。需要说明的是，西尔万版《莎士比亚爱情诗集》中的《爱情追寻者》共有 21 首，其中第 14 首和第 15 首在其他一些版本（包括河滨版）中被合为一首，因此那些版本中的《爱情追寻者》只有 20 首。另外，其他版本的第 15 首（本书第 16 首）之前有个辑名《配乐散歌》（*Sonnets to Sundry Notes of Music*），因此其后的几首诗可以被看作是这册诗集中的一个"特辑"，从风格上看，"特辑"中的六首诗明显具有歌谣风味，也许当年就是为配乐演唱而作。

以英诗诗体格律而论，《维纳斯与阿多尼》用的是六行诗体，每节 6 行，每行含 5 或 4 个抑扬格音步，其尾韵是 *ababcc*。《情女怨》用的是七行诗体，每节 7 行，每行含 5 或 4 个抑扬格音步，其尾韵是 *ababbcc*（这种韵式又称"皇家韵"，因苏格兰国王詹姆斯一世曾用这种韵式写诗）。这两种稳定的英诗韵律都适合写浪漫叙事诗。同伊丽莎白时代大多数英语十四行诗一样，莎士比亚的十四行诗也是由 3 节隔行押韵的四行诗加一个叠韵的对句构成，其韵式是 *abab cdcd efef gg*，不同于斯宾塞（Edmund Spenser, 1552—1599）写《小爱神》用的 *abab bcbc cdcd ee*，也不同于锡德尼（Sir Philip Sidney, 1554—1586）写《爱星者与星》用的 *abba abba cdcd ee*。这种韵式后来被称为"莎士比亚体"（Shakespearean form）或英国体。《爱情追寻者》中的 21 首诗形式多样，格律杂陈，有十四行诗、双行诗（每两行同韵）、民谣四行诗和六行诗体，等等。

翻译外国诗歌是否应该步原韵（保留原文韵式），这历来是中国翻译家和学者探讨的一个问题。早在 1984 年，我在与人合作主持编注《英诗金库》（*The Golden Treasury of the Best Songs and Lyrical Poems in the English Language*）时，就在为出版社草拟的约稿信中提出了自己的译诗原则：在神似的基础上争取最大限度的形似。我历来认为，译介外国文学作品一方面是要为本民族读者提供读之有益的读物，另一方面则是要为本民族作家提供可资借鉴的文本。要实现这一目的，就不仅要译出原作的思想内容，同时还要译出其文体风格；对译诗而言，要译出原诗的文体风格，就应该尽量保留原诗的音步（节奏）和韵式，因为原诗的内容和形式之间往往有一种统一和谐的美学特征，而只要译法得当，保持原诗节奏和韵式的中译文仍有可能保持原诗统一和谐的美学特征，仍有可能让译文读者感受到语音和语义的跌宕起伏，感受到节奏上的舒缓张弛。例如莎士比亚十四行诗第60首：像波涛涌向铺满沙石的海岸，/我们的时辰也匆匆奔向尽头；/后浪前浪周而复始交替循环，/时辰波涛之迁流都争先恐后。/生命一旦沐浴其命星的吉光，/并爬向成熟，由成熟到极顶；/不祥的晦食便来争夺其辉煌，/时间便来捣毁它送出的赠品。/光阴会刺穿青春华丽的铠甲，/岁月会在美额上挖掘出沟壑，/流年会吞噬自然创造的精华，/芸芸众生都难逃时间的镰刀。/可我的诗篇将傲视时间的毒手，/永远把你赞美，直至万古千秋。

不过我也注意到，即便格律最为严谨的十四行诗也常常有"变格"甚至"破格"，如莎士比亚《十四行诗》第99首就多出了1行（共15行），第126首不是莎士比亚体，而是英雄双行体，而且全诗只有12行；斯宾塞的十四行诗集《小爱神》第8首也不是斯宾塞体，而是后来被称作莎士比亚体的英国体。锡德尼在其十四行诗集《爱星者与星》中的"变格"情况更为普遍，108首十四行诗中有6首（第1、6、8、76、77和102首）使用了六音步诗行（hexameter），而不是英国十四行诗通常的五音步诗行（pentameter）。我同时也注意到，这些"变格"或"破格"并非随意为之，而是因内容需要产生的形式变化。为内容需要而"破格"之极端见于格里芬（Bartholomew Griffin, ？—1602）的十四行组诗《致菲德莎》（*Fidessa*, 1596）最末一首（第62首），该诗只用了一韵，其押韵方式为 *aaaa aaaa aaaa aa*，每行结尾都是一个"爱"（love）字，从而使整组诗的感情抒发达到最高潮。总而言之，由于任何民族成熟的诗歌都有严谨的格律（锡德尼语），所以我提倡中文译者尽可能保持英语诗歌的节奏和韵式；但由于诗歌必须使用自然流畅的语言，所以我也反对削足适履，因韵害义，若翻译时出现内容和形式不能兼得的情况，我赞同美国翻译学者奈达（Eugene A. Nida, 1914—2011）的建议，"舍弃的应该是形式，而非内容"。

基于上述认识，我译《维纳斯与阿多尼》和《情女怨》都只保持了原诗的节奏，但未囿于前者 *ababcc* 和后者 *ababbcc* 的韵式。因为要模仿原诗韵式，中译文必须在每个小节中都换韵，而作为长诗，其韵律会显得不甚和谐，难以表现原诗音韵和谐、节奏鲜明的特色。所以翻译这两首叙事诗，我延续了当年翻译司各特三部长诗（《湖上夫人》《玛米恩》《最后一个吟游诗人的歌》）和翻译莎士比亚另一首长诗《鲁克丽丝受辱记》时所采用的策略，即每节（偶尔每两节）一韵，押在偶行，对每节 7 行的《情女怨》则酌情多韵一行。用韵基本依照《现代诗韵》划分的 13 个韵部或《中华新韵》划分的 14 个韵部。为尽可能避免因韵害义，我采用了"宽韵"和"通韵"，即"歌""波"通押，"衣""居"通押，"山""天"通押，东部中的"声"韵与根部的"根"韵通押。

　　拙译《十四行诗》除保持原诗节奏外，都保留了原诗的韵式。因为英语十四行诗是英诗中格律最为严谨的一种诗体，而韵式又是十四行诗的主要特征之一，所以保留其韵式是国内多数译家翻译十四行诗的首选。

　　虽然《爱情追寻者》中的 21 首诗格律杂陈，韵式多样，但拙译除第 12、17、18 和 20 首之外，其余各首都保留了原诗韵式。对第 15 首之后的"配乐散歌"，译者还试图再现其歌谣风味，这也是第 17、18 和 20 首没有保留原诗韵式的主要原因。

　　当然，既要再现英诗原来的节奏和韵式，又要让中文译诗读起来自然流畅，这对译者来说也许只是一种追求，而《莎士比亚爱情诗集》的翻译就算是这种追求的又一次尝试。

曹明伦
2020 年仲夏于成都

让凡夫俗子去赞美敝屣秕糠，
愿阿波罗赐我饮灵感之圣泉。[1]

敬奉
南安普敦伯爵兼蒂奇菲尔德男爵
亨利·赖奥思利阁下

尊贵的阁下：

我不知将此粗陋之篇奉与阁下是何等冒昧，亦不知世人将如何责我竟用此等微音绕如此巨梁，但只要阁下您显露些许称心，我自会感觉蒙受褒扬，并誓用余生之暇日，以更为庄雅之作替阁下增光。然若不才之处女作不堪展阅，我则会因有负阁下之庇护而深感愧疚，从此绝不再耕耘这片硗薄之土，以免再获此等歉收。我恭候阁下对拙作之明鉴及嘉许，愿此能永称阁下之心，遂世人之望。

阁下忠实的仆人
威廉·莎士比亚

维纳斯与阿多尼

VENUS AND ADONIS

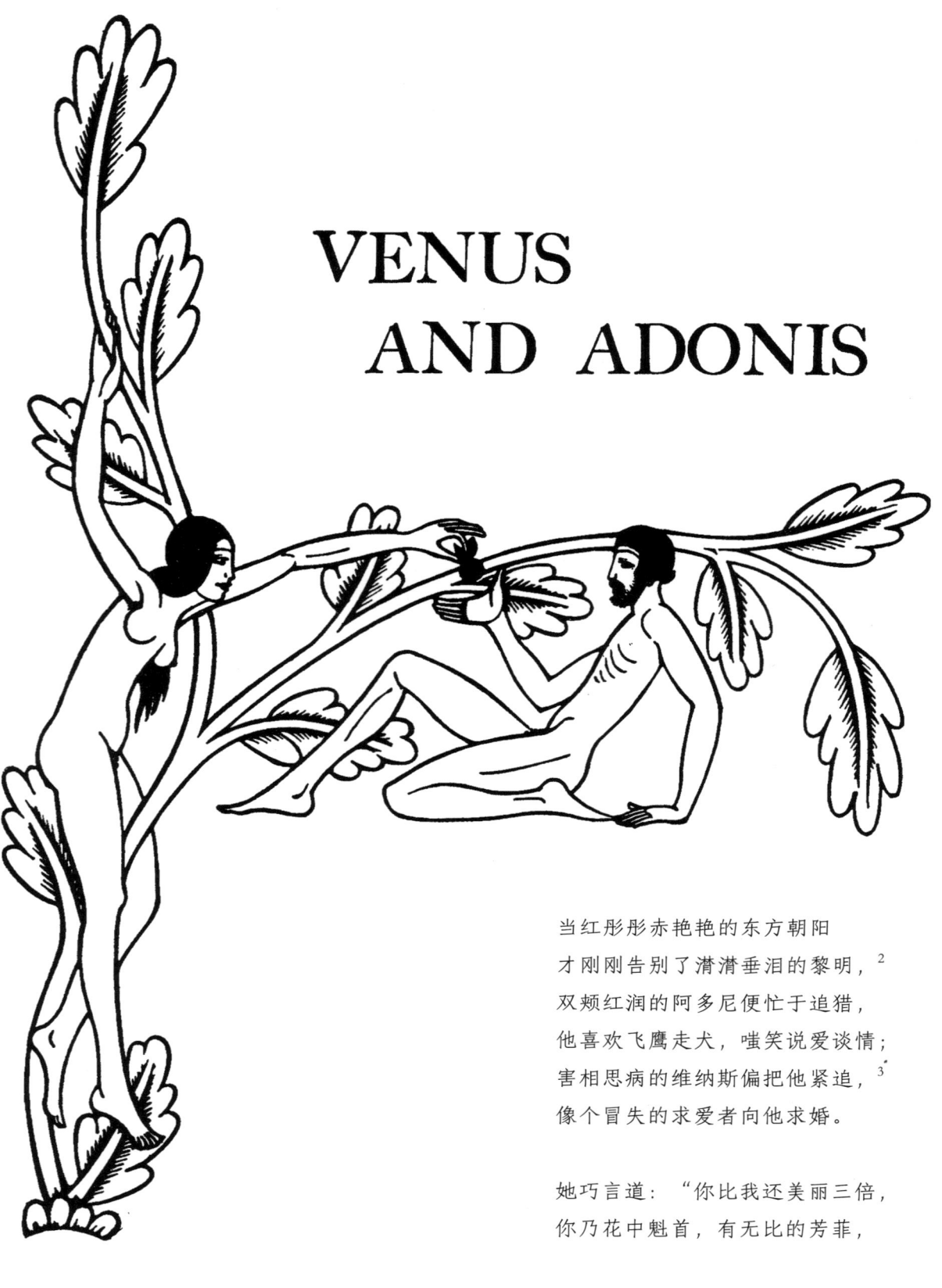

当红彤彤赤艳艳的东方朝阳
才刚刚告别了潸潸垂泪的黎明,[2]
双颊红润的阿多尼便忙于追猎,
他喜欢飞鹰走犬,嗤笑说爱谈情;
害相思病的维纳斯偏把他紧追,[3]
像个冒失的求爱者向他求婚。

她巧言道:"你比我还美丽三倍,
你乃花中魁首,有无比的芳菲,

你让宁芙失色,你比壮男俊美, [4]
你洁白赛银鸽,你嫣红盖玫瑰,
那为显绝艺而创造你的'造化'
说你一旦夭亡则天地万物共毁。

"你这造化之奇观,请屈尊下马,
把高昂的马头于鞍穹上紧系;
你若肯俯允此愿,我将给你报赏,
让你领略鲜为人知的风流奥秘。
来这边坐吧,这儿没咝咝蛇鸣,
坐稳后我要吻得你气喘吁吁。

"但我不会让你的嘴唇感觉到腻烦,
而要让它们吻得越多越饥渴难抑,
叫它们随着花样翻新而忽红忽白:
十短吻如一吻,一长吻如二十。
在这种欢娱的消遣之中打发光阴,
漫长的炎炎夏日也显得转瞬即逝。"

说话间她把他冒汗的手掌捉牢,
手掌出汗说明他正值青春年少,
春心荡漾的爱神将此唤作香膏,
人世间治女神相思病的灵丹妙药。
如此意乱心迷,情欲给她力量,
她大胆伸手把少年拽下了鞍桥。

爱神一手挽住那匹骏马的缰绳,
一手把不谙世故的少年搂定。
少年轻蔑地绷着羞红的脸庞,
宛若呆木顽石,无意风流调情;
女神脸红心热像炉中熊熊炭火,

少年面红耳赤但心却凝霜结冰。

爱多敏捷哟！她身手迅疾，
把有饰钉的辔头拴在了一根粗枝；
骏马一旦被拴好她便开始尝试
要把骏马的主人也拴牢缚实。
她按自己喜欢的方式把他摁倒，
用体力把他制服，既然难用魅力。

少年刚刚倒地她便躺倒在他身旁，
双双用胳膊肘支撑侧卧在地上。
她一摸他的脸颊他就皱眉蹙额，
他一开口责骂就被她的热吻阻挡，
她一边亲吻一边吐出娇声浪语：
"你要是再骂我就教你有口难张。"

他羞得满脸通红，两腮似火烧，
她用眼泪把他滚烫的脸腮浇冷，
再用她风一般的叹息和金色秀发
把滴在他脸上的泪珠吹干拂净。
他说她轻狂佻薄，骂她厚颜无耻，
可她一个热吻堵住了他的骂声。

就好像一只饥肠辘辘的飞鹰
用利喙撕食它捕获的猎物，
拍着翅膀连毛带骨一并吞咽，
要么吃个精光，要么撑肠挂腹。
爱神就这般狂吻那英俊少年，
从腮吻到额顶，从额到腮骨。

他被迫逆来顺受，但却吻不由衷，
口中喘出的气息直扑她的面孔。
爱神像吞咽美食一般吸入这香气，
把它视为天降膏泽、自然清风，
她唯愿自己的双颊是萋萋花园，
只要这花园能浸润在这甘霖之中。

恰似一只小鸟被罗网缠住，
阿多尼此刻陷在爱神的怀抱。
羞涩和怯于反抗令他焦灼，
焦灼的目光使他更显美貌。
满满当当的大河再注入豪雨，
势必会溢出河堤，泛滥成涝。

她依然楚楚动人地苦苦哀求，
要对那双迷人的耳朵谈情说爱；
他依然皱眉蹙额，焦灼不安，
羞涩和恼怒使他的脸忽红忽白。
可他的脸红令她越发动情，
他的脸白更让她爱得死去活来。

不管他脸色如何，她都难抑春心，
于是她凭不朽的玉手立下誓言，
说她决不会离开他柔软的怀抱，
除非他同她夺眶而出的泪水休战，
那澜澜泪雨早湿了她的两腮，
而他甜甜一吻即可把这情债偿还。

他闻此誓言立即仰起面孔，
像只潜水的鹏鹏把头探出水面，
见有人窥视又突然潜入水中；

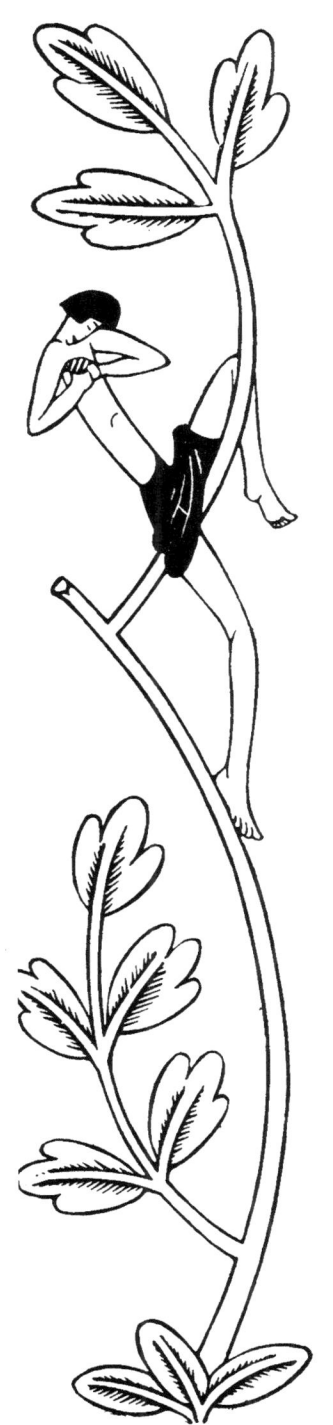

他就这样试图了却她的心愿,
可当她举唇等待他的给予,
他却两眼一闭把嘴掉向一边。

炎炎夏日里口干舌燥的旅客
也不曾像她对此良机这般焦渴。
能望见清泉,但可望而不可即,
浸泡在水中,但泪水难熄欲火。
她哭诉道:"可怜我吧,狠心少年,
我只求一吻,你干吗这般羞涩?

"像我求你一样,我也曾被人追求,
追求者中甚至有威风凛凛的战神,
疆场上他不曾低过倔强的头颅,
他从来都所向披靡,战无不胜,
但他一直是我的俘虏,我的奴隶,
向我求过你能不求而获的亲吻。

"他的利矛、巨盾和羽饰头盔
都曾一度闲挂在我祭坛之上,
他为我之故而学会了歌舞嬉戏,
学会了打情骂俏和风流放荡,
他摈弃了咚咚战鼓和猩红旌旗,
在我床上扎营,把玉臂当战场。

"威风八面的他就这样被我降伏,
一根红玫瑰合欢链就把他俘虏;
再硬的钢铁也顺从他强劲的臂力,
他却顺从于我对他的扭捏和轻辱。
可你别因征服了降伏战神的她,
就为自己的魅力而骄傲,而自负。

"你只消把芳唇印在我的唇上——
我的唇也红艳,虽不及你的香——
此吻能让我销魂,也可令你荡魄。
你干吗老往地上瞅?请抬起脸庞,
朝我眼里看,那儿藏着你的美;
既然眼能成对,唇为何不能成双?

"你羞于接吻?那就再闭上双眼,
我也闭目,让白昼像夜晚一般。
只要有一男一女,爱就常葆欢乐;
放心玩吧,咱俩欢娱没有人看见。
我们身下的紫罗兰绝不会多嘴,
它们也不懂咱俩为何如此这般。

"你唇上的茸毛说明你尚年幼,
但你已有美味可尝,秀色可餐。
及时行乐吧,莫负良辰美景,
美不该被荒废,天物不应被暴殄。
明媚鲜妍的娇花若不及时采摘,
转眼便叶残英落,红消香断。

"倘若我相貌丑陋,白发黄牙,
性情粗野,行为乖戾,声音沙哑,
百病缠身,精竭髓尽,毫不性感,
骨瘦如柴,先天不育,老眼昏花,
那你可以退缩,因我配不上你,
但我本无瑕白璧,你为何厌咱?

"你在我额上看不见一丝皱纹,
我眼睛秋波荡漾,灼灼晶晶;
我的美就像是永远不败的春天,

我肌肤丰润，心中荡漾春情，
你要是摸摸我这柔嫩光滑的手，
只恐它会融化在你的掌心。

"请容我说，我嗓音悦耳动听，
我会像仙女在绿草地上舞姿迷人，
或像一位披着蓬松长发的宁芙，
在沙滩上起舞却不留下足印。
爱是一种完全由火构成的精神，
不会重浊下坠，只会轻灵上升。[5]

"请看这片我躺于其上的樱草，
娇弱的花儿犹如大树把我轻托；
两只鸽子就能拉着我漫游天空，[6]
从早到晚，不论我上哪儿去寻乐；
爱是如此的轻灵，可爱的少年，
你怎能视它为不堪承受的重荷？

"难道你的心会把你的脸蛋爱慕？
难道你右手能把你的左手追求？
那就向自己求爱吧，再拒绝自己；
偷走自己的自由，再埋怨小偷。
那耳喀索斯就曾这样自我毁弃，[7]
为亲吻他溪水中的倒影而把命丢。

"火炬是为照明，珠宝是为佩戴，
佳肴是为品尝，美貌是为欢爱，
花草芬芳而生，树木果实而长；
物若为生而生，是对生长的伤害。
种子生于种子，而美则繁衍美；
父母给予的美你应该传给后代。

"你若不为大地之生息而繁衍,
你何以该享天地灵气,日月精华?
依自然法则你必须繁衍后代,
这样你的美方可于你身后留下;
纵然面对死神你仍可幸免于死,
因你留下了风姿如玉,容貌如花。"

害相思病的爱神这时开始出汗,
因为他俩躺的地方阴影已挪移,
太阳神在炎炎正午也感到疲乏,
正用他滚烫的目光把他俩俯视,
他真希望阿多尼替他驭驾马车,[8]
自己则像阿多尼与爱神相偎相依。

而此时阿多尼仍然没精打采,
满脸阴沉,忧心忡忡,郁郁寡欢,
紧锁的眉头锁住清澈的目光,
似愁云惨雾把朗朗晴空遮掩,
他怒然吼道:"别再谈情说爱!
我得离去,太阳正灼我的脸。"

"哟,"爱神说,"你年少却心狠,
竟用这般牵强的借口以图脱身!
我会叹口仙气,让徐徐微风
把西去骄阳的炎热吹凉吹冷;
我要用这头秀发为你支起凉篷,
若头发被晒热,我就用泪来浇浸。

"天上的太阳只是在暖烘烘照耀,
瞧我正在日头下为你遮住烘烤;
太阳的炽热对我并没有多大伤害,

可你眼中的火焰却在把我灼烧,
我若非不朽的女神,早一命呜呼,
天上地下两轮赤日早把我烤焦。

"难道你是如钢似铁的一块顽石?
不!因再硬的石块也会被水滴穿。
你由女人所生却不懂爱为何物?
不知欲爱不能是何等苦不堪言?
唉,要是你母亲也这样守身如玉,
她就不会生你,会死得很凄惨。[9]

"你把我当何人,竟这般藐视?
我向你求爱对你究竟有什么危险?
区区一吻对你的嘴唇又有何妨?
你说话呀,说恭维话,否则勿言。
赐我一吻吧,我将回报你一吻,
若我吻两下,多一吻算你白赚。

"呲!你这画中虚影,冰冷石雕,
徒有其表的泥胎,呆板的塑像,
一尊好看却毫不中用的木偶,
形同须眉但不像是由女人生养!
你虽有一副男儿相貌却并非男儿,
因男儿对红唇热吻都心驰神往。"

话说到此焦躁使得她语哽声咽,
沸腾的热望使得她有口难张,
脸上嫣红眼中欲火道出其难堪:
本司风情月债却情债不得偿。
她忽而潸然落泪,忽而嗫嚅欲言,
抽抽噎噎使她难以尽述衷肠。

她忽而把头摇,忽而拉他的手,
忽而抬眼望他,忽而又低头垂眸;
忽而张开双臂把他紧紧拥抱,
可他却不愿被她那双玉臂扣留;
每当他挣扎着要从她的香怀脱身,
她百合花般的纤指却紧如锁扣。

"小傻瓜,"她说,"既然我把你
关在了这道象牙般的围栏之内,
我就是一座鹿苑,你是我的鹿: 10
你可上山峰吃草,或下幽谷饮水;
请先上这唇坡,但若嫌坡高地燥,
请往下进深沟,那儿涌泉甘美。

"这鹿苑内的地形地貌足够多样,
有长满草的低谷,有可爱的平地,
隆起的圆圆山丘和郁郁丛林
能为你抵挡狂风,替你阻断暴雨;
做我的鹿吧,这鹿苑这般美好,
纵有千只猎犬咆哮也惊不了你。"

阿多尼闻言一笑,似心存鄙夷,
微笑使一对浅浅的酒窝闪现依稀;
这迷人的酒窝本是小爱神造就, 11
为他死后能有这般无华的墓地,
但可以预见,即便他躺进这里,
他将在这儿永生,而绝不会死去。

这对可爱的酒窝,迷人的笑靥,
张着大口要让维纳斯坠入其中。
她早已神魂颠倒,现在怎能自持?

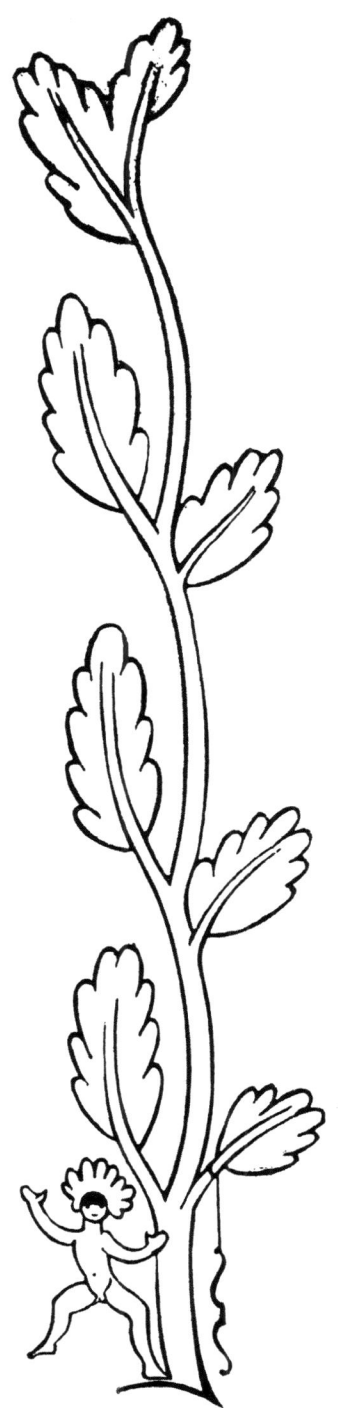

早已落花流水，怎经再次进攻？
可怜的爱神哟，你这是作法自毙，
偏爱这副对你不屑一顾的面孔！

现在她何路可走？何语可言？
该说的都已说罢，可忧愁更添；
时辰飞逝，她心上人要离去，
正在奋力要挣脱她双臂的羁绊。
她哀求道："请稍稍怜香惜玉！"
他却一跃而起，欲牵马正鞍。

可是，瞧哟，从附近的矮树林中
闪出一匹正在发情的矫健牝马，
它一见阿多尼那匹骏足良驹，
便喷着响鼻奔来，嘶声喧哗。
那骏马本来被拴在一棵树上，
现在却挣断缰绳直端端迎向它。

它急不可耐地跳跃，长鸣嘶嘶，
挣断了紧编密织的肚带絷累；
它坚硬的铁蹄踏伤了身下大地，
空洞的地心发出回响，声震如雷；
它咬碎了横在齿间的锻铁嚼子，
摆脱了所有束缚它的缰绳鞍辔。

它本来耷拉着耳朵和长长的细鬃，
现在却两耳竖立，鬃毛也高耸，
它鼻孔吸入的本来是新鲜空气，
呼出的却像炉中浓烟，雾气腾腾；
它那双犹如火焰般闪烁的眼睛，
显示出强烈欲望和一腔春情。

它忽而踱躞缓行,像从容数步,
威风而不失优雅,骄傲中有谦恭;
忽而又后腿直立,腾空跳跃,
仿佛说:"这显示出我力大无穷;
我如此这般是要俘虏那双眼睛,
叫那美丽的牝马对我一见钟情。"

它还操心什么主人的愤怒不安?
还理会什么"吁吁"之声声呼喊?
还害怕什么嚼子和尖尖马刺?
还在乎什么马衣漂亮,辔头鲜艳?
它眼中只有它所爱,至于其他,
它那双骄傲的眼睛全都视而不见。

正如有位丹青能手、画坛大家,
其艺可谓巧夺天工,出神入化,
他绘出的骐骥骓骁皆骨肉匀停,
画就的良驹往往胜过天生骏马;[12]
眼前这匹马就这般超凡脱俗,
无论其形态、风骨、色泽、步伐。

蹄圆,骹短,肢长,距毛蓬松,
胸阔,颅小,鼻宽,目光炯炯,
脊高,耳短,腿直,筋骨健壮,
鬃细,尾浓,臀阔,皮毛茸茸;
良驹应具备的优点它一样不缺,
只差位英武的骑手跨骥骑龙。

它忽而飞奔到远处又回首凝视,
忽而惊于一只小鸟被它惊动;
忽然间它又欲与清风比比赛跑,

而谁也看不出它是奔跑还是飞腾,
清风呼呼地穿过它的细鬃浓尾,
使它的鬃毛犹如翅膀起伏波动。

它凝视着它之所爱,朝其嘶鸣,
牝马也报以长嘶,似懂它的心意,
又如一名矜持的淑女见人求爱,
便佯作忸怩之态,假装薄情寡义,
不理它的求爱,讥讽它的痴心,
并尥蹶子把它亲热的拥抱回拒。

像一个情场失意者意懒心灰,
它耷拉下那条羽饰般的长尾,
为它发烧的臀部送去一片阴凉。
恼怒中它甚至想把苍蝇踩碎,
牝马见它发怒才略表柔情,
它愤怒的心因此得到稍许安慰。

它气急败坏的主人欲上前牵它,
却吓坏了那匹没人骑过的牝马,
牝马唯恐被捉,便弃它而逃,
它紧追而去,把主人阿多尼撇下。
两匹马像发疯一般冲向树林,
追过了一群想追过它们的乌鸦。

怒气冲冲的阿多尼猛坐到地上,
大骂他那头不服管束的畜生;
这下时机再一次对维纳斯有利,
她也许可凭哀求得到幸运,
因恋人们常说:若无伶牙俐齿,
爱心会倍受委屈,蒙冤抱恨。

被淤塞的河流会更加汹涌,
被关上炉门的火炉会烧得更旺,
因此若能宣泄心中的积郁,
升腾的情焰欲火才可能下降,
但若是爱的辩护者一旦沉默,
欲辩无口的心就只有绝望。

他见她走来不由得又面红耳赤,
恰如余烬被风吹又死灰复燃;
他用帽子遮住他气得通红的面孔,
怀着不安的心情盯着地面,
压根儿没注意她已离得多近,
因为他始终没有朝她正眼一看。

哦,好好看看那是一幅什么奇观,
看她怎样悄悄走近那任性少年,
看她脸上的颜色如何急剧地变化,
嫣红和煞白是怎样相互遮掩!
方才她的双颊还蒙着一层死灰,
忽而又闪出红光,犹如长空闪电。

现在她恰好已来到他的身边,
像一位卑恭的情人跪在他跟前,
用一只柔嫩的手揭开他的帽子,
另一只手则轻轻抚摩他的脸;
他的脸更柔嫩,如新雪皎皎易污,
纤纤玉手也把指印留在了上面。

哦,当时好一场四目相交之争!
她含情的眸子对他的眼睛哀述,
他眼望着那对眸子却像视而不见,

她仍秋波传情,他仍不屑一顾;
借助她澜澜的泪花作为帮腔,
这出哑剧的一场一幕都清清楚楚。

现在她轻轻地握住他的手,
好似冰雪牢狱把百合花拘囚,
或像一根石膏锁链把象牙束缚,
雪白的冤家缠住雪白的对头;
好一场一攻一守的美的战斗,
像两只雪白的银鸽在交喙接口。

她传情达意的舌头又开始述说:
"啊,你这位凡尘间最美的过客,
但愿我变作你,而你变成我,
但愿我心安然,你却伤心欲绝!
那样你只需看我一眼我就会救你,
纵然为你而死我也会赴汤蹈火。"

"松开手,"他说,"你为何碰它?"
"还我心,"她说,"我就松开手,
以免你的狠心让我的心也变硬,
一旦如此它对叹息就无法感受。
那时我不会再理睬情人的叹息,
因为阿多尼把我的心变成了石头。"

他说:"真不知羞,快把手松开,
我的马已丢失,这一天也算白挨,
而我丢失骏马是因为你的过错,
所以我求你,让我独自在此呆呆,
因为此时我所思所想所忧所虑,
就是让我的坐骑从牝马那里回来。"

她回答说:"你的马离去完全应该,
因为它欣然接受热烈甜蜜的爱;
情欲就像炉中余火必须加以冷却,
若对它置之不理就会把心烧坏,
茫茫大海有边,但深深欲壑无涯,
所以你的马离去不值得大惊小怪。

"它被拴在树上时多像一匹驽马,
一根缰绳就把它拴得服服帖帖!
可一见它之所爱,它青春之报偿,
它对那区区束缚是何等轻蔑!
昂首扬鬃抛弃了那卑鄙的絷累,
让整个身心获得自由之喜悦。

"谁眼见自己的心上人赤裸玉体,
教雪白的床单懂得何为雪肤凝脂,
却只让饕餮的眼睛去饱餐秀色,
而不容其余的感官同样享受欢娱?
有谁在寒冷冬日看见熊熊炉火,
却因懦弱而没有上前取暖的勇气?

"容我替马辩护,听话的孩子,
我真心求你要向你的马学习,
好好享受你伸手就可及的欢乐,
我虽口拙,它却用行动教你。
哦,学会爱吧,这一课并不难,
而且你一旦学会就绝不会忘记。"

"我不知什么是爱,而且也不想学,
除非爱是野猪,那我就可以追狩,
爱有太多义务,我可不想承担,

我对爱之爱就是让爱蒙耻含垢,
因为我听说爱就是活在死亡之中,
那样活着欢笑就等于悲泪长流。

"谁愿穿一件尚未缝好的衣裳?
谁会摘一朵尚未绽开的蓓蕾?
抽芽的幼木若受到丝毫的伤害,
便会失去价值,在盛年枯萎;
如果让小马驹加鞍驮人载物,
那它们永远也长不成骏骥骎骓。

"你捏疼我的手了,让我俩分手吧,
快停止这种无聊透顶的胡扯瞎诌;
请解除对我这铁石心肠的围困,
因为它不会屈服于爱的威迫利诱。
请收回你的誓言、奉承和虚假眼泪,
因为此心如铁,它们打不开缺口。"

"你居然会说话?你居然有舌头?
真希望你是哑巴,或者我耳聋!
你美人鱼般的声音更把我伤害,
我心早有重负,如今更沉重;
因天籁神曲中也会有低哑之声,
美妙的音乐悦耳却令心儿悲痛。

"要是我没有眼睛,只有耳朵,
耳朵会爱你不可见的内在之美;
要是我耳朵聋聩,你外在的美貌
会使我其他器官的感觉更敏锐;
要是我既无眼可视,也无耳可闻,
单凭摸摸你我也会往情网里坠。

"要是连我的触觉也抛弃了我,
我不能看,不能听,也不能触摸,
除嗅觉之外我已经一无所有,
我对你的一片痴情也不会减弱,
因为你美艳绝伦的脸上流香溢露,
单凭嗅觉就足以使人燃起爱火。

"但既然你如此款待这四种感官,
那对于味觉你该是多美的盛宴!
难道它们不希望此宴天长地久,
不派多疑的'谨慎'锁门把关,
以免'嫉妒',那乖戾的不速之客,
会偷偷摸摸溜进来在席间捣乱?"

两片犹如朱门的红唇再次开启,
为他的话语让出一条甜蜜的通道,
就像红霞满天的拂晓往往会预示
大海上的灾难、陆地上的风暴、
林中鸟的悲哀、牧童的苦恼、
牧群和牧人都要遭遇的飓风狂飙。

她及时注意到了这不祥之兆:
恰如暴雨将至之前的风停树静,
好似野狼嗥叫前的龇牙咧嘴,
又像浆果冒浆之前的壳绽皮分,
或像是就要出膛的致命子弹,
他话未出口,意图已令她惊心。

她一看他的神色便跌倒地上,
因神色能使爱复活,也使爱死亡;
微笑可治愈皱眉造成的伤痛。

幸运的破产者会因爱而重新兴旺!
那天真的少年以为她玉殒香消,
忙拍她苍白的脸,直到脸泛红光。

慌乱中他完全忘了自己的初衷,
因为他本来是想把她痛斥一顿,
狡黠的爱神躲过了这顿痛斥,
急中生智反倒使她交上了好运!
因为她躺在草地上像死去一般,
直到他的气息重新赋予她生命。

他捏捏她的鼻子,拍拍她的脸庞,
弯弯她的手指,探探她的脉搏,
然后又揉嘴唇,想尽千方百计
要弥补他因狠心而闯下的大祸,
他轻轻吻她,而依她的心意,
只要他亲吻不停她就不想复活。

此时悲哀的夜晚已变成了白天,
她慢慢睁开了她碧蓝的双眼,
像灿烂的朝阳披着鲜艳的新装,
使清晨感到欣慰,使人间安然,
正如朝阳使天空显得更绚丽,
她的眼睛使她的脸显得更娇艳。

她的目光凝视着他光洁的脸庞,
仿佛她双目是从他脸上借得华光。
要不是他那对眸子被愁眉遮暗,
这四盏明灯绝不会混淆其光芒;
不过她的眼睛蒙着晶莹的泪花,
看上去就像夜晚水中的月亮。

她问:"我在哪儿,地下或天上?
是在烈火之中,还是浸泡在汪洋?
现在是何时?是清晨还是黄昏?
我是想活下去还是渴求死亡?
刚才我活着,却感到死的痛苦,
接着又死去,却尝到活的欢畅。

"你曾让我死,请再让我殒命!
你狠毒的心一直在教唆你的眼睛,
教它们对我不屑一顾,睨而视之,
结果它们杀害了我可怜的心,
而我这对真正指引心灵的眸子,
若非你嘴唇仁慈也会死于非命。

"既有如此神效,愿它们长久相吻!
愿它们嫣红的色泽永不消退!
愿它们的鲜嫩和芳香经久不衰,
以便在祸祟之年驱瘟神疗鬼![13]
以致预卜死亡的星象家们会说
这场瘟疫是被你的气息屏退。[14]

"你的芳唇在我柔唇上留下甜吻,
为此吻长留我得签什么样的协定?
我可以心甘情愿地把自己卖掉,
这样你就可出个好价把交易做成,
成交之后你若担心出什么差错,
盖你的私印于我唇上以验明此身。

"一千个热吻即可买下我的芳心,
你可以在闲暇时支付,一吻接一吻。
一千个吻对你来说算得了什么?

难道不是很快能数完，很快付清？
假定你逾期未付，欠债应该加倍，
难道这麻烦不就是区区两千热吻？"

"美丽的爱神哟，你若真爱我，
请把我的冷淡归因于我年幼，
在我成熟之前别试图与我交欢，
绝没有渔夫能忍心对鱼秧下手，
枝头的青梅成熟后自然会落下，
若不待成熟就摘，吃起来会涩口。

"你瞧人间的安慰者已人困马倦，[15]
他白昼灼热的行程已结束在西天；
夜的预报者鸱鸺在尖叫，天色已晚；
鸟儿已经投林，羊群也已经归圈，
而遮暗了上天光明的片片乌云
正在敦促咱俩分手，快互道晚安。

"现在让我道晚安，你也说再见；
你若说出这两个字将得到一吻。"
"再见。"她说，而不待他道晚安，
为分手许下的甜蜜诺言已被履行；
因为她亲热地伸手搂住他的脖子，
这下他俩脸贴脸似乎成了一人。

他直到喘不过气来才挣脱身子，
收回甜蜜的红唇和潮润的香气，
她饥渴的嘴唇虽已饱尝鲜味，
但却抱怨说它们仍然又渴又饥；
他因吻多而腻，她却因吻少而晕，
结果双双倒地，嘴唇又吻在一起。

贪婪的欲望已捕到柔顺的猎物，
她已尽情酣食痛饮，但仍不知足，
她的唇已征服，他的唇已屈从，
她想要多少赎金他都会如数支付；
可贪得无厌的爱神却漫天要价，
想一口吸干他嘴唇这座宝库。

既然已尝到猎物鲜美的滋味，
她便开始更加疯狂地攫香掠美；
她热血沸腾，脸上冒着热气，
孟浪的情欲令她更加胆大妄为，
怕什么超常越轨，违情悖理，
寡廉鲜耻名誉扫地她全不理会。

他被她搂得脸红身热，目眩头晕，
像被人驯养的野鸟变得温顺，
或像头小鹿被人追得精疲力竭，
或像执拗的孩子因哄慰而安静，
他现在已服服帖帖，不再挣扎，
她尽其所能地掠取，仍难以尽兴。

蜡冻得再硬，加热后也会变软，
最终会随着轻轻揉搓而变幻。
山穷水尽时铤而走险常获成功，
情场上更是如此，无须谁授权；
欲望不像懦夫那样缺乏勇气，
对手越难制服它越是追求得欢。

当初若是见他皱眉就畏缩不前，
她就难饮他唇上的玉液琼浆。
疾言厉色吓不倒真正的恋人，

玫瑰终被摘,它有刺又有何妨?
美即使被二十把大锁牢牢锁定,
爱最终也会破门而入把它品尝。

可惜现在她不能再把他强留,
因可怜的少年哀求说他应该返程。
于是她决定不再强留他在身边,
便与他告别,嘱咐他看好她的心,
她凭着丘比特的神弓诅咒发誓,
说她的心从此就在他心中囚禁。

"可爱的少年,"她说,"今宵多苦!
相思之情会使我通宵难以闭目。
爱的主宰哟,咱俩明天能否相会?
能否?能否?你能否娶我做新妇?"
他对她说不能,他已经另有安排,
明天他要和朋友一道去猎野猪。

"野猪?"她闻此言顿时面如死灰,
仿佛娇红的玫瑰被一块白纱遮挡,
他的话令她不寒而栗,浑身发抖,
她又伸手紧紧搂住他的颈项。
她头一晕,双臂仍搂着他的脖子,
结果她仰面倒地,他扑在她身上。

这下她倒是真进了爱的比武场,
她的骑士已上马要进行一场较量;
谁知她的感觉是一场虚幻春梦,
他无意驭驾她,尽管骑在她身上,
她的痛苦比坦塔罗斯的还更难忍,[16]
因为她拥抱着福地却得不到欢畅。

像可怜的小鸟被画中葡萄欺哄,
虽说饱了眼福,却腹中空空, [17]
她就这样在焦思中饥渴难耐,
像可怜的鸟儿望着鲜果在画中。
她发现他缺少热烈的柔情蜜意,
便想用更多亲吻使他春心萌动。

她尝试了所能尝试的各种手段,
可结果还是竹篮打水,终归枉然。
她的哀求本来值得更大的报偿,
可恋爱中的爱神却得不到爱恋。
"呸,"他说,"快松手让我离去,
你没有理由对我这样胡搅蛮缠。"

"你若不告诉我你要去猎野猪,
可爱的少年哟,我早就让你走掉。
但现在请听我说,你也许不知
用标枪去扎野猪有多么糟糕,
它一直在磨从来不收起的尖牙,
就像凶残的屠夫总在霍霍磨刀。

"它的拱背上有粗鬃排兵列阵,
历来就令它的对手胆战心惊,
它发起怒来眼睛就像闪闪萤火,
它的嘴四处乱拱像在掘墓挖坟;
它一旦被惹恼就会横冲直闯,
而谁碰上它的弯牙谁就会丧命。

"它健壮的两肋也有厚厚粗鬃,
像坚实的铠甲能挡住你的长矛;
它又粗又短的脖子不易受伤害;

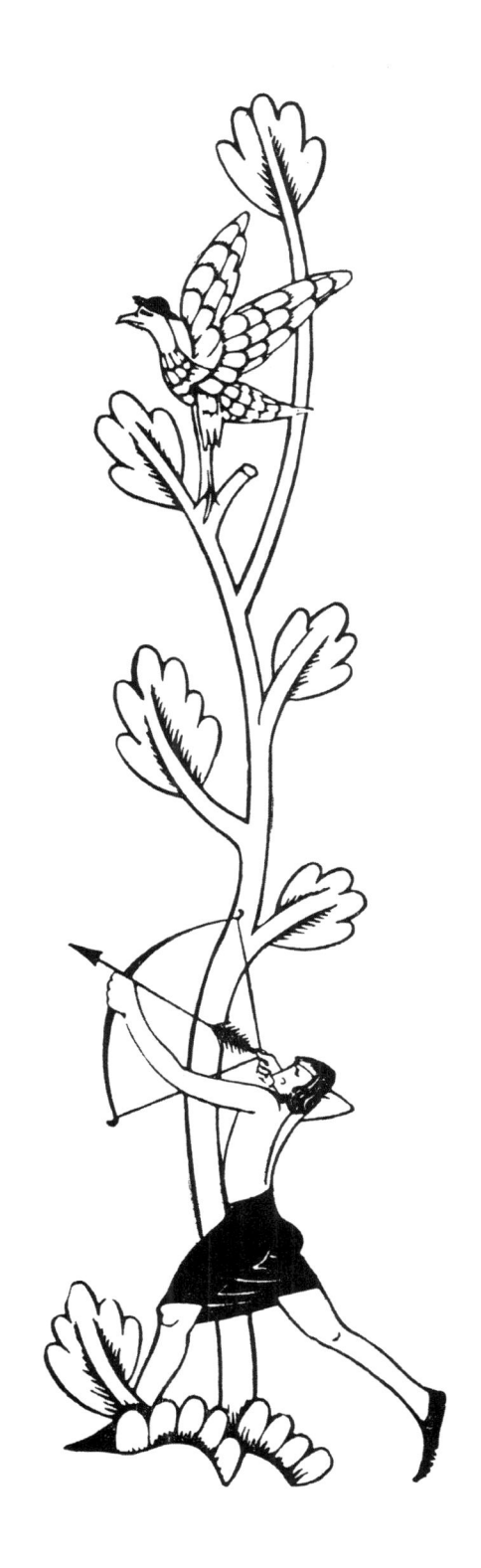

暴躁时它连狮子也敢去侵扰。
密密的荆丛和灌木林都很怕它,
一见它就让路,任它横行霸道。

"唉,它才不会珍惜你的美貌,
虽爱神的眼睛向你的美频频献媚;
它不会爱你的玉手、芳唇和明眸,
虽它们令世人赞叹,有口皆碑;
多可怕呀!只要它一有机会,
就会像毁草地一样毁掉这些美。

"哦,让它就待在它肮脏的猪窝!
美与这样的恶魔没有丝毫瓜葛。
千万别随意进入它危险的领地,
听朋友的忠告往往能消灾避祸。
实不相瞒,刚才你说到野猪,
我为你担惊受怕,吓得直哆嗦。

"难道你刚才没看到我面如死灰?
没看出我眼里透出的畏惧惊恐?
我难道不曾晕厥?不曾倒在地上?
此刻你依在我怀里,可这胸中
不祥的预兆令我不安,令我心惊,
使胸脯像在地震,使你上下簸动。

"因为哪儿有爱,哪儿就有忧虑,
而忧虑常把自己称为爱的卫士,
它每每误发警报,误称有骚扰,
在平安无事的时候也高喊'杀敌',
往往令情深意浓的爱也减低欲望,
像疾风冷雨一般把烈火灭熄。

"这乖张的密探,好战的奸细,
这吞噬爱情幼芽的可恨的蛀虫,
这无事生非、兴风作浪的忧虑
虽有时失误,有时也把真情传送,
它叩击我心扉,在我耳边低语,
说我若爱你就得为你忧心忡忡;

"不仅如此,它还在我的眼前
呈现出一幅野猪逞凶的画面,
在它锋利的尖牙下有一具躯体,
那具酷似你的躯体血迹斑斑,
鲜血浸透了他身旁的朵朵娇花,
使花儿纷纷弯腰低头为之悲叹。

"要真看见你那样,我该怎么办?
现在只想到那画面我都在发抖。
这念头使我脆弱的心在流血,
恐惧教会我的心能预感兆头征候;
因此我预言你明天若去猎野猪,
你会死于非命,我将终生哀愁。

"若你非要去狩猎,请听我劝告,
你只能放猎犬去追胆小的野兔,
或是去猎杀凭狡猾过日子的狐狸,
或是把见人就躲闪的小鹿追逐;
总之你只能骑着骏马,跟着猎犬,
在开阔地带追猎这些弱小动物。

"当你追赶半瞎眼的野兔之时,
要留心看那小东西为逃脱灾难,
会如何追风逐日地全速飞奔,

会怎样机敏诡诈地东躲西闪,
它钻进钻出的那些树篱空隙
会像一座迷宫令追兵眼花缭乱。

"有时候它会混身于羊群之中,
叫老练的猎犬也闻不出气味;
而有时候它会藏进穴兔的洞里,
让咆哮不已的猎犬止住狂吠;
有时候它还会与鹿群相依相伴:
敏捷出自应急,妙计生于临危。

"因为这样各种气味就相互混淆,
凭嗅觉追踪的猎犬会心生狐疑,
它们会停止狂叫而仔细分辨,
直到从各种气味中辨出那气息。
然后它们的吠声又会直冲云霄,
好像另一场追猎正进行在天宇。

"此时远处小山上可怜的野兔
会用后腿支起身子,竖耳倾听,
听它的敌人是否还在紧追不舍。
而不久后它就会听到追杀的声音,
这下它心中之悲苦真难以比拟,
恰似病入膏肓者听见丧钟幽鸣。

"这时你可见那浑身沾露的野兔,
东拐西弯,横跌竖撞,左冲右突。
居心不良的荆棘都来缠它的酸腿,
森森阴影沙沙风声都令它怯步,
因坍塌之墙常会被众人踩踏,
倒霉背运者也很少有人肯相助。

"请少安毋躁,听我再说两句,
别使劲挣扎,我不会让你站起。
为了让你对追猎野猪深恶痛绝,
我一反常态对你大讲寓言玄机,
以此事述彼理,再如此这般,
因爱能阐释每一种灾殃祸事。

"我刚才说到哪儿?""这没关系,
你放我走就算你已经讲完故事;
现在已夜深人静。""那又怎样?"
少年回答:"我的朋友正盼我回去,
可天这么黑,我走路恐怕要摔跤。"
她说:"爱情在黑暗里看得最清晰。[18]

"但要是你真摔倒,请你这样想:
是爱你的大地把你的双足挽留,
让你摔跤不过是为了亲你一亲;
奇珍异宝会让君子也变成小偷;
因此腼腆的狄安娜才用乌云遮脸,
唯恐因偷吻你一下而背誓丢丑。[19]

"现在我看出了今宵黢黑的原委:
是月神狄安娜因害羞而自掩了银辉,
为了让从天上盗走神模的'造化'
因仿造神形而被宣告犯叛逆之罪。
是'造化'违抗天命用神模造你,
白天叫太阳脸红,夜晚令月亮羞愧。

"因此月神便买通了命运女神,
要糟践'造化'造美的精湛技艺,
她们往美中掺入各种缺陷瑕玷,

让纤尘不染的美变得瑜中有疵,
从而使美容易受到伤害摧残,
被疯狂的灾难和数不清的疫疠:

"如可怕的热病、疟疾和昏晕,
荼毒众生的鼠疫和癫狂的癔病,
还有吸精竭髓、耗损元气的痨瘵,
染此病者会因血热而耗神伤身;
至于恶心、脓疮、忧郁和绝望
也都诅咒给你美的'造化'短命。

"而这些病症疾患中最轻的一种
也可在片刻的侵袭中把美摧毁;
刚刚还叫公正的观者击赏的风姿,
适才还令无私的旁人惊叹的妩媚,
转眼间就春残花落,红消香断,
像骄阳融化的山间雪一去不回。

"所以不要管那不结果实的贞操,
不要学维斯塔贞女和自爱的修女, 20
她们只会让这个世界人丁稀少,
变滚滚红尘为缺童少孺的荒地;
请慷慨一点吧!夜里辉煌的明灯
都是靠燃尽灯油才把光给予人世。

"若你不想把后嗣毁在幽冥之中,
依照时序天道你一定得有儿女,
可眼下你的身躯不就是一座坟墓,
张着大口似乎要埋葬你的后裔?
若果真如此,世人将要对你轻蔑,
因为你的骄傲把美好的希望窒息。

"这样你就等于是毁掉自己,
其恶大于血腥野蛮的手足相争,
大于绝望者用绝望之手自戕,
或凶残的父亲剥夺儿子的生命。
斑斑锈垢会腐蚀被埋藏的财宝,
而加以利用的黄金可再生黄金。" [21]

"好啦,"阿多尼说,"到此为止,
不要再唠叨你陈腐无聊的话题。
我刚才给你的一吻就算是白搭,
可你要逆水行舟也枉费心机,
因为在这滋养情欲的漆黑之夜,
你的话使我对你越来越生厌腻。

"即使爱情借给你两万条舌头,
而且条条都比你自己的舌头灵巧,
言甜语蜜就像是美人鱼的歌声, [22]
这歌声对我的耳朵也完全无效;
因为我武装的意志守卫着耳朵,
绝不容淫声浪语溜进我心窍。

"以免那种诱惑人的靡靡之音
会飘进我风平浪静的内心深处,
让我幼小的心灵动荡不安,
再不能安然居于幽谧的小屋。
不,女神哟,我的心不想呻吟,
它只想安眠,像现在这样蛰伏。

"你所说的哪一点我不能驳斥?
把人诱向危险的路条条都是坦途。
我不讨厌爱,但厌恶你的爱法,

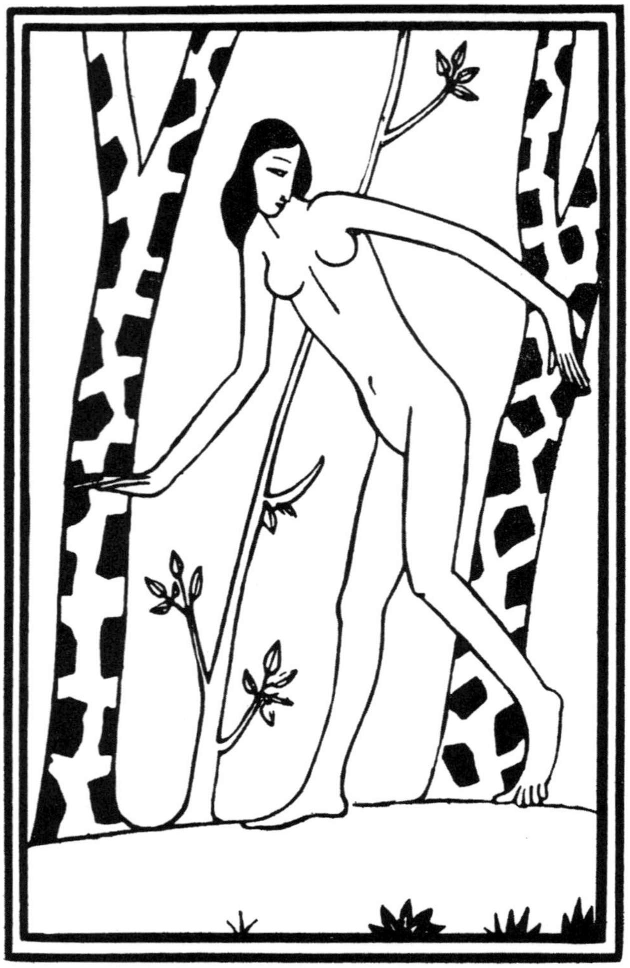

那实际上是水性杨花，人尽可夫。
做爱是为了繁衍？多稀罕的理由！
这理由其实是宣淫纵欲的鸨母。

"别称这为爱，因爱已逃往天上。
自从淫在这世间篡夺了爱的名分，
淫披着爱的纯洁外衣把美吞噬，
却让爱代为受过，玷污爱的名声；
那淫荡的暴君损害爱的名声，
就像是毛虫慢慢蚕食幼芽嫩茎。

"爱好比雨后阳光使人欣慰，
淫则是晴日后的风雨令人沮丧；
爱之和煦春天岁岁季季常留，
淫之严冬不待夏尽就匆匆临降；
爱总适可而止，淫会因贪而亡，
爱永远讲真话，淫则总是撒谎。

"我还能再说，可我不敢多讲，
这话题太古老，而言者却太年少，
所以我现在是真要离你而去；
我此时还满脸羞愧，满腹懊恼，
我这双奉陪你艳词淫句的耳朵
此时还在为受到的冒犯而发烧。"

说到此他奋力从她怀中挣脱，
甩开玉臂的拥抱、酥胸的纠缠，
迈开步子穿过幽林朝家飞奔，
让爱神独自躺在林中深深悲叹。
像一颗明亮的流星划过夜空，
他就那样滑离爱神的视线。

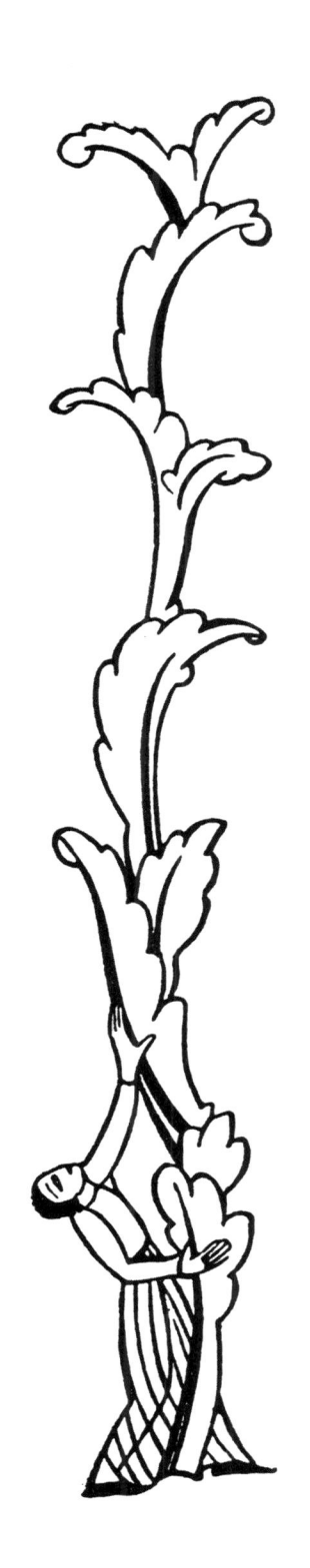

她两眼凝望着他离去的身影,
像岸上人目送乘船离去的朋友,
一直望到巨浪洪波吞没帆影,
只剩远方云浪相接,水天悠悠;
无情黑夜就像那些洪波巨浪
把她默默凝视的那个身影卷走。

她怅然若失就仿佛一不当心
把一件贵重的珠宝掉进了海里;
她惊恐不安就像是夜间行路,
走进陌生的森林时火把被吹熄;
她就这般凄惶地躺在黑暗之中,
因为她失去了为她引路的火炬。

她捶自己的胸口,于是心呻吟,
周围的山洞似乎也感到不安,
幽洞深岫发出一阵阵的回声,
重复着她凄凄切切的呻吟悲叹:
"唉。"她叹息,无数幽洞应和,
于是"唉唉"之叹息回荡不散。

听着回声她用一种悲哀的曲调
唱出一支令人伤感的小曲:
爱如何令青年着迷,老人昏愦,
爱如何让聪明一世者糊涂一时。
她忧伤的歌声依然以叹息结尾,
回声合唱队依然也连连叹息。

她用绵绵歌声打发那漫漫长夜,
虽说情人恨夜短,夜其实很长;
情人自家快活就以为别人也喜欢

花前月下、卿卿我我、窃玉偷香。
他们往往爱讲没完没了的故事，
可故事还没讲完听者早不知去向。

因为除了那些应声虫似的回声，
还有谁伴她度过这漫漫长夜？
回声就像一叫就应的酒店伙计，
对再任性的顾客也会奉承巴结，
她说是，回声就说的确如此，
她说非，回声就说的确不是。

看哟，厌倦了睡眠的云雀
从沾露的窝巢振翅高高飞翔，
它唤醒黎明，而从黎明的怀中
冉冉升起高贵而庄重的太阳，
太阳用灼灼目光俯瞰这个世界，
使树梢山顶都染上灿灿金光。

爱神因这朗朗之晨向太阳致意：
"哦，光明之神，光明的庇护者，
世上每盏明灯，天上每颗星星
从来都是借你的光芒使之增色，
如今有个凡尘母亲所生的孩子[23]
可以借给你光，如你通常所做。"

说完她忙冲向一片桃金娘树丛，
心中纳闷为何清晨早已来临，
而她却没听见她心上人的音信。
她侧耳想听见犬吠和号角声声，
随即她果真听见了猎犬狂吠，
于是她朝着狗吠之处急速飞奔。

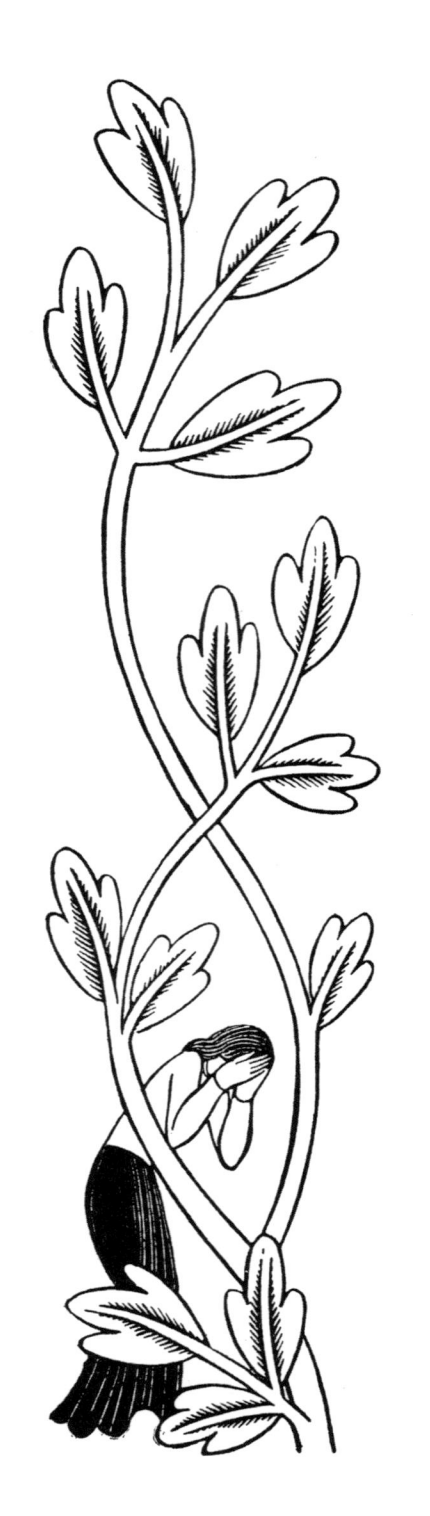

当她飞奔时有荆棘灌丛挡路,
有的抓她的颈,有的吻她的脸,
有的缠住她双腿要叫她留步。
但她疯狂地挣脱了它们的纠缠:
像一头哺乳期奶头发胀的母鹿
急着赶回藏树丛后的小鹿身边。

此时她听出那些猎犬面临强敌,
她就像忽遇毒蛇,胆战心惊;
盘蜷着身子横挡住去路的毒蛇
会令人浑身发抖,战战兢兢;
猎犬胆怯的汪汪声就是这样
令她禁不住直哆嗦,令她惊魂。

她现在知道那绝非是弱小动物,
而是凶猛残暴的熊、狮或野猪,
因为嘶叫声一直停留在一个地方,
猎犬惊恐的吠声也来自该处;
肯定是猎犬发现对手那么凶猛,
便都互相推让,不争先去角逐。

这不祥的吠声在她耳边悲鸣,
并钻进耳朵使她的心惶惶不定,
疑惑与恐惧把她的心征服,
使四肢麻木,所有感官都失灵;
就像士兵们一旦看见主帅阵亡,
便望风而逃,再也不敢恋阵。

她就这样浑身发抖,神情恍惚,
直到惊呆的感官都重新恢复,
她告诉自己这般惊恐毫无来由,

无端惊恐是孩子常犯的错误；
她叫自己别再发抖，别再害怕，
话音未落她就瞥见了那头野猪。

它白沫四溢的嘴被染得通红，
像是牛奶与鲜血混淆模糊，
恐惧再一次袭上她的全身，
催她快跑却不知跑往何处；
她忽而朝前冲，忽而止步，
忽而又折回责骂行凶的野猪。

一千种冲动驱她奔向千条道路，
她在一千条道路上来去匆匆；
心急火燎反令她欲速则不达，
慌慌张张就像醉汉酒鬼的举动，
有许多打算，但都未仔细考虑，
疲于奔命，但没有一事成功。

她发现一只猎犬缩在灌木丛中，
便向那可怜家伙要它的主人，
接着她看到另一只正在舔伤口，
治毒牙咬伤只有这种方法最灵，
随之她遇见第三只正垂头丧气，
朝它问话它只报以哀鸣声声。

这一只刚刚停住它刺耳的哀鸣，
另一只耷拉着嘴唇的丑陋的黑狗
又对着寥寥苍昊发出凄厉叫声，
接着一只只猎犬回应，其声悲忧，
平日里骄傲的尾巴都拖在地上，
受伤的耳朵不住摇晃，鲜血直流。

就好像尘世间可怜的芸芸众生
一见到奇幻异象就胆战心惊,
总会用恐惧的目光久久地凝视,
将其解释成可怕的凶兆恶征;
她面对此景也倒抽了一口凉气,
随之喟然长叹,开始咒骂死神:

"你这丑陋不堪、瘦骨嶙峋的暴君,
你这拆散鸾凤的可憎可恨的死神,
你这狰狞的魔鬼,人世间的蛆虫,
你为何扼杀美艳,盗走他的生命?
他活着的气息使紫罗兰更芬芳,
他活着的美艳使玫瑰花更动人。

"他若是死去——哦,这不可能,
你要是看见他有多美就不会忍心;
但这也可能,因为你有眼无珠,
不过是心怀恶意地乱砍乱割一阵。
你的目标本是衰老,但你的镰刀
却错过目标劈开了一位少年的心。

"你若曾叫他当心,他就会答话,
而他一开口你的威力就会融化。
命运女神会因这一刀而把你诅咒,
本叫你刈除衰草,你却割了娇花。
本来应是爱神的金箭向他射去,
而不该是死神的镰刀把他砍杀。

"莫非你想喝泪,惹我这样痛哭?
不然这种痛哭对你有什么好处?
你为什么要让那双眼睛永远闭上,

那双眼睛曾教所有眼睛放眼纵目?
如今'造化'不再怕你毁灭的力量,
因她最美的杰作已毁于你的严酷。"

说到此她被绝望压倒,悲不自胜,
她垂下眼睑就像关上两道闸门,
要堵住那道飞流直下的晶莹泪泉,
不让它从美丽的脸腮流向胸襟;
可泪泉如雨不断冲击关闭的水闸,
以势不可挡之力又冲开了闸门。

哦,她的眼睛和泪水交相辉映,
泪中眸子晶莹,眼中泪花剔透,
相互映出各自深含的悲愁哀戚,
映出叹息想止住的哀戚悲愁;
但就像风雨交加之日忽风忽雨,
叹息刚吹干脸腮,悲泪又长流。

不尽哀伤唤起她心中的百忧千愁,
都争着要充当最忧最愁的伤悲,
她心容千愁百忧,忧愁各施淫威,
似乎每一种都可令她五内俱毁,
发现难分高低,它们便沆瀣一气,
像片片酝酿暴风雨的乌云聚汇。

此时她听见远方有猎人呼猎犬。
她比婴儿听见摇篮曲还更高兴,
心中那些可怕的想象和疑惧
被这希望之声驱除得干干净净,
重新燃起的希望令她欣喜若狂,
使她以为那就是阿多尼的声音。

于是她汹涌的泪水开始退潮,
囿于眼中像珍珠贮在玻璃瓶里,
不过偶尔会有一滴夺眶而出,
但脸将其融化,仿佛不准它去
洗涤大地那张脸庞上的污渍,
因大地只湿透,而她几乎淹死。

不可思议的爱哟,真不可思议!
忽而疑神疑鬼,忽而见风是雨!
要么悲痛欲绝,要么欣喜若狂,
绝望与希望使你显得荒唐滑稽;
希望用"未必会"使你高兴,
绝望用"可能会"令你悲戚。

她开始把自己结的疙瘩解开:
阿多尼活着死神就不该被责怪。
她说死神罪大恶极并非本意,
现在她替那可憎之名贴金敷彩:
称他为坟墓之王、王之坟墓、
世间芸芸众生至高无上的主宰。

"可爱的死神,我刚才只是戏言,
但仍然请你原谅,当时我太担心,
以为我已遇上那头残暴的野猪——
那个从不知怜悯为何物的畜生;
所以温柔的死荫哟,实话实说, 24
我骂你是因为我怕我爱人已丧命。

"这不能怪我,是野猪叫我瞎说,
无形的主宰哟,请你朝它发火;
正是那卑鄙的畜生对你诬蔑诽谤,

我只是被唆使，它才是教唆者。
悲哀有两条舌头，任何一个女人
若无过人之智慧都难以将其羁勒。"

这般希望阿多尼还活在世上，
她过分仓促的疑惧被一扫而光，
因为想让他的美能天长地久，
她竟然低三下四地为死神捧场，
与他谈起纪念碑、雕像与陵墓，
还谈起他的胜利、凯旋和辉煌。

"哦，朱庇特，你看我有多傻，
居然有如此迟钝而愚蠢的脑瓜，
竟为活人哭丧，而他不可能死，
除非这世间万物皆成流水落花！
因为他一旦夭亡，美将随他而去，
而美一旦消亡天地又会混沌无涯。

"唉，盲目的爱哟，你充满疑惧，
像腰缠万贯者担心周围的小偷；
并非亲眼所见亲耳所闻的琐事
也会令你懦怯的心因玄想而哀愁。"
说到此她忽然听见了欢快的号角，
她一跃而起，忘了刚才的悲忧。

像猎鹰扑向诱物，她飞身向前， ²⁵
轻盈的脚步连小草也没踏弯，
可在飞奔的途中她不幸看到
她心上人被野猪咬得血迹斑斑，
此情此景使她双目突然失明，
仿佛自惭形秽的星星躲避白天，

或像柔嫩的触角被碰击的蜗牛
急忙缩回壳中,强忍着疼痛,
屏住气息蜷伏在黑洞洞的壳里,
过了好久都还不敢往前爬动;
她的眼睛一见那血淋淋的场面,
就这样躲进了幽深的眼窝之中,

在那儿它们向不安的大脑辞职,
要放弃自己的分内工作和光明,
大脑叫它们陪着丑陋的黑夜,
别再用外面的景象来伤害心灵,
心灵则像个坐立不安的君王,
因眼睛的刺激而发出一声呻吟。

其他部位器官都随之不寒而栗,
仿佛是囿于大地深处的狂飙
为争夺出路而引起地动山摇,[26]
其恐怖之景象使人心惊肉跳。
这场骚乱令全身各处如此惊吓,
以致眼光又从黑暗的眼窝闪耀。

两眼一睁开便把不情愿的目光
投向被野猪撕开的宽宽伤口,
伤口在他百合花般柔嫩的腰间,
雪白的腰如今已被鲜血染透。
他身旁的山花野草、青枝绿叶,
无不被血染,似乎也殷血长流。

可怜的爱神目睹这肃穆的悼念,
情不自禁地把头耷拉在肩上,
她默默地强忍悲痛,神癫意迷,

竟以为他不会死,没有夭亡;
她嗓子忘了发音,关节忘了动,
她一直在流泪的眼睛变得痴狂。

她是那么专注地察看他的伤口,
以致眼花把一处伤看成三处,[27]
于是她责备自己眼花缭乱,
在没有受伤的地方把伤口多数。
可他的脸也成对,肢体也成双,
因心乱时眼睛往往看碧成朱。

"他一人死去我已难述哀伤,
可眼前分明有两个阿多尼身亡!
我的悲叹已尽,我的咸泪已干,
我的心底铅重,我的眼中火旺。
心之铅哟,请在眼之火中熔化,
这样我就能死于热望的滴淌。

"可怜的人世哟,你失去了瑰宝!
如今还有何值得凝眸的花容月貌?
还有谁的嗓音称得上飞泉鸣玉?
无论过去将来你还有什么可夸耀?
花儿固然可爱,固然娇嫩艳丽,
可真正的美已随他一起玉殒香消。

"从今以后无人需要戴帽披纱!
因为丽日清风不会再试图吻你;
既然无美可失,就无须害怕
太阳把你嘲笑,清风对你鄙视。
可当阿多尼活着时,丽日清风
就像潜伏的盗贼要掠他的美丽。

"所以那时他总是戴着便帽,
而炫丽的太阳偏从帽檐下窥视,
清风也老爱把他的帽子吹掉,
拨弄他的秀发,弄得他哭鼻子,
于是清风丽日马上可怜他年幼,
又争着看谁先替他擦干泪迹。

"狮子为一睹芳颜而把他尾随,
躲在树篱后偷看,因为怕他受惊。
当他为消遣娱乐而放开歌喉,
猛虎也会变得温顺并侧耳倾听;
狼一听见他说话就会丢开猎物,
而且那天绝不会再去惊扰羊群。

"他若伫立溪边看自己的身影,
鱼儿会展开金鳃追逐他的影子;
他若经过树林鸟儿会欢呼雀跃,
有的为他唱歌,有的忙着献礼,
为他衔来桑葚和红红的樱桃,
他飨鸟儿以美,鸟儿报以果实。

"可这头肮脏丑陋的尖嘴野猪,
它朝下看的眼睛总是在寻找坟墓,
它绝没看见他美丽的容貌身姿——
它所作所为便是证明,明白无误。
要是它看见了他的脸,那我深信
它是想去吻他才叫他一命呜呼。

"是的,是的,阿多尼就这样被杀:
当他手握利矛偶然撞上那头野猪,
野猪并无意在他身上磨牙砺齿,

而是想用亲吻的方式让他留步；
可多情的野猪用长嘴亲吻他腰时，
不知不觉将利牙插进了他的腹部。

"我承认要是我也有那样的尖牙，
我可能早就因吻他而叫他丧命，
但他已死去，而令我更不幸的是
他未曾用他的青春赐福我的青春。"
说到此她一头倒在她站立的地方，
她脸上也染上了他的斑斑血痕。

她凝视他的嘴唇，嘴唇已苍白；
她握住他的手掌，手掌已冰凉；
她在他耳边低声讲述她的痛苦，
仿佛那耳朵还能听她倾吐悲伤；
她掰开遮掩那对眸子的眼睑，
可两盏明灯已熄灭，黯然无光。

她上千次照过自己的那两面明镜
如今已不能再映照出她的身姿，
那晶亮无比的明镜一旦失去光泽，
所有的美便都失去了美的意义。
"时间的奇观哟，我伤心的是 [28]
白昼居然还明亮，尽管你已死去。

"既然你已死去，那我在此预言：
从今以后忧伤将永远与爱相伴；
嫉妒从此将永远不离爱之左右，
爱会始于甜蜜，但终于苦恼厌烦；
爱之欢乐与痛苦绝不会成比例，
爱之快活永远敌不上爱之悲酸。

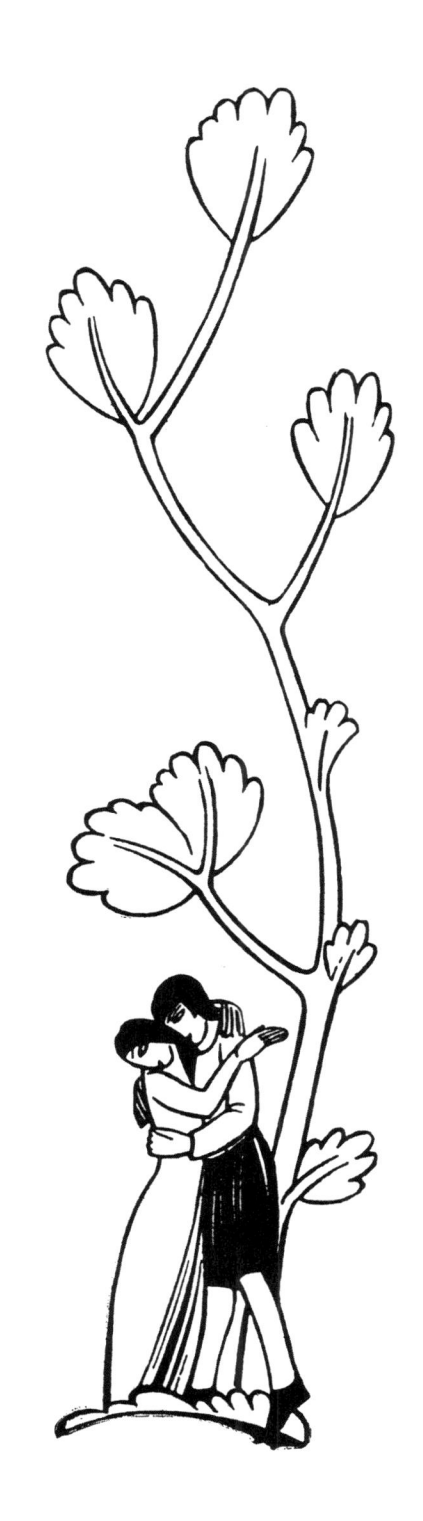

"爱将反复无常，充满欺诈，
爱的蓓蕾一绽放就会被摧成残花，
爱将会笑里藏刀，口蜜腹剑，
连最亮的眼睛也难把真伪觉察；
爱将使身强力壮者都变得衰弱，
令智者哑口无言，教白痴说话。

"爱将小气悭吝，奢靡放纵，
爱会教老者起舞，且舞姿雍容；
爱会教猖獗的歹徒循规蹈矩，
让富者变乞丐，让贫者成富翁；
爱将凶猛狂暴，但又温柔软弱，
使青年衰老，让耆叟返老还童。

"爱会在安然无虞时疑神疑鬼，
而在最该忧虑时却高枕无忧；
爱将善良仁慈，但又暴戾恣睢，
它最虚伪时偏偏显得最老实忠厚；
它最乖张时偏偏显得最百依百顺，
它令勇士心虚，叫懦夫胆大如斗。

"它将会引起战争，招灾惹祸，
它将挑起儿子与父亲之间的不和，
它将轻而易举地导致牢骚不满，
像枯草干柴容易引起熊熊大火。
既然死神让我的心上人英年早逝，
那天下痴男怨女将难享爱之欢乐。"

这时躺在她身边的那位少年
像一团云雾在她眼前消散融化，
而从他洒在地上的那摊血中

长出了一朵红白相间的小花,[29]
那雪白就好像他那张苍白的脸,
那鲜红恰似他的鲜血滴滴抛洒。

她低头去闻那朵花儿的芳香,
把那种芳香当作阿多尼的气息;
她说既然死亡把他与她分开,
她将让那朵小花开在她心底。
她摘下小花,花茎头流下绿汁,
她把这晶莹的绿汁当成是泪滴。

她说:"可怜的花哟,芳香之子,
这就是你生身父亲一贯的稚气,
为一点儿烦忧就会悲泪长流;
他的愿望就是完全长成为自己,
而你也是这样,但你应该知道
萎在我怀中就是浸在他的血里。

"这是你父亲的卧榻,在我怀中,
你是他的后代,所以有权享用。
请你就在这空空的摇篮里安睡,
我这颗心将日日夜夜把摇篮晃动;
从此后我要时时亲吻我爱之花,
年年岁岁,岁岁年年,一刻不停。"

爱神就这样厌倦了茫茫人世,
匆匆套上牵曳香辇的银色鸽子,
银鸽待它们的女主人登上香辇,
便拉着她飞快地穿过空旷天宇,
鸽车朝着帕福斯城急速飞奔,[30]
爱神意欲永远在那儿隐迹幽居。

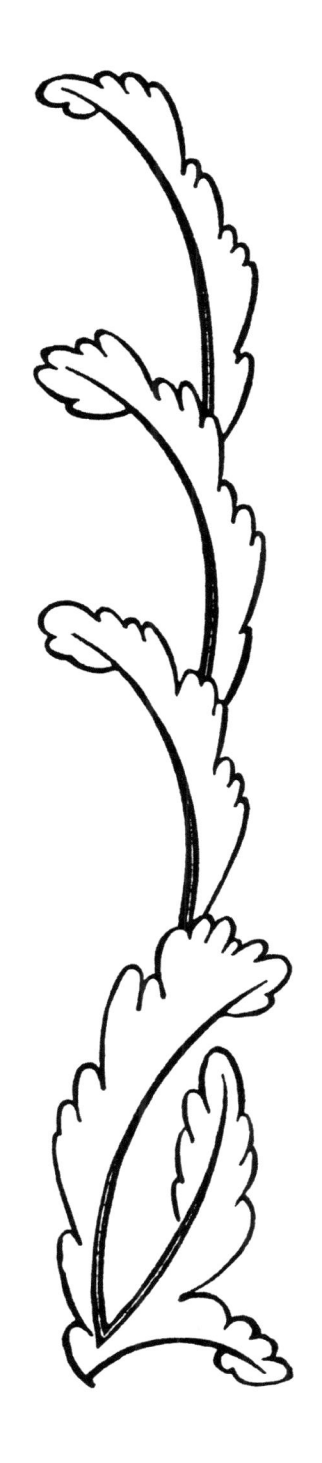

十四行诗

谨祝

本集十四行诗之

唯一作者

W. H. 先生

尽享

吾辈之不朽诗人所诺之

千秋鸿福

万古盛名

好心而冒昧的

出版人

于

付梓之际

T. T.[31]

SONNETS

1

我们祈盼生命从绝色中繁生,
这样美之蔷薇就永不会消失,
但既然物过盛而衰皆有时令,
就该为年轻的后代留下记忆:
可你却要娶自己的灿灿明眸,
凭自身的燃烧维持你的光焰,
对自己太狠,做自己的对头,
在丰饶之乡制造出饥月荒年。

你今朝能为这世界傅彩增光,
唯有你能够预报阳春之回归,
你却于自身蓓蕾把美质掩藏,
小气鬼哟,你因吝啬而浪费。
　可怜这世界吧,不然你这饕餮之徒
　将与坟墓一道吞噬世界的应得之物。

2

当四十个严冬把你的额顶围击,
在你那片美之原野上掘出深沟,
你今朝令人瞩目的青春之美衣
将变成破襟烂衫,不值得凝眸;
那时若有人问起你的美在何处,
你锦瑟年华所有的瑰宝在何方,
你只会说在你自己深陷的双目
埋着贪婪之羞愧和无利的颂扬。32
若你能回答"我这漂亮的孩子
将替我清账,为我的老迈申辩",
并用你的遗产来证明他的美丽,
那么你对美的利用多值得称赞!
　这种美在你垂暮之年将被更新,
　你感到血冷时会重见热血沸腾。

3

照照镜子,告诉你看见的那张脸
如今已到了再塑一副面庞的时辰;
你现在若不让它的俊美另展新颜,
你就欺骗了世界,坑了某个母亲。
因为哪儿有未识云雨的闺中尤物
会拒绝你去她那片处女地上耕耘?
又有哪位男子会愚蠢地自掘坟墓,
仅因为自爱自恋就甘愿断子绝孙?

你是你母亲的明镜,她从你身上
唤回了她青春时代那美好的四月:
所以哪怕皱纹满面,从暮年之窗
你仍然会看到你今天的黄金时节。
  但若你人生一场不是为了被怀念,
  就自个儿去吧,和你未铸的翻版。

4

暴殄天物的人哟,你为什么
把你那份美的遗产一人独吞?
自然之财不贷出就无利可获,
她总是慷慨地借给大方的人。
那你这吝啬鬼哟,为何糟蹋
她托你转送他人的丰厚馈赠?
无用的放债人哟,为何能花
那么一大笔钱财却不能生存?
因为你既然只与自己做买卖,
这就等于在欺诈可爱的自己。
那么,当天道让你呜呼哀哉,
你留下的账目怎能令人满意?
  你未加利用的美得随你入土,
  而用过的美则活着执行遗嘱。

5

那些时令,那些曾用精湛的工艺
造就了这众人瞩目的明眸的时令,
也终将对这同一双眸子横施暴戾,
而且让超凡绝伦的美艳不再迷人;
因为永不停息的时光总会把夏天
引到可怕的冬季并把它毁在那里;
严霜扼杀生机,青枝绿叶均不见,
冰雪掩埋美景,满目皆荒凉凄迷;

到那时，倘若没留下夏日的精髓，
没留下提炼的香露囚于水晶高墙，
美之风韵就将随美一道香消色褪，
无论美和美的记忆都将被人淡忘。
　　可经过提炼的香花纵然面对严冬，
　　也只失却其表；而美质依然永恒。

6

那么，在你的精髓被提炼之前，
别让严冬的魔掌毁掉你的夏日。
让某个玉瓶藏香；把你的美艳
珍藏于某个地方，趁其未消失。
这样的利用并非被禁止的放债，
它能使甘愿纳息的借债人幸福；
那利息就是要再生出一个你来，
或十倍的利息生出十倍的满足；
如果你有十个酷肖绝似的自己，
那么你将会比现在快活上十倍；
那时死神能做啥，即便你离去，
你也会在后代中活上千秋万岁？
　　别执迷不悟，因为你实在太美丽，
　　不该被死神征服并让蛆虫做后裔。

7

瞧！当高贵仁慈的太阳在东方
举起它燃烧的头，每一双眼睛
都对它初升时的壮观表示敬仰，
都用目光去恭迎它神圣的莅临；
而当它攀上陡峭的苍穹之顶峰，
当它就像从花信年华步入鼎盛，
世人的目光依然仰慕它的美容，
依然追随它那金光灿灿的行程；

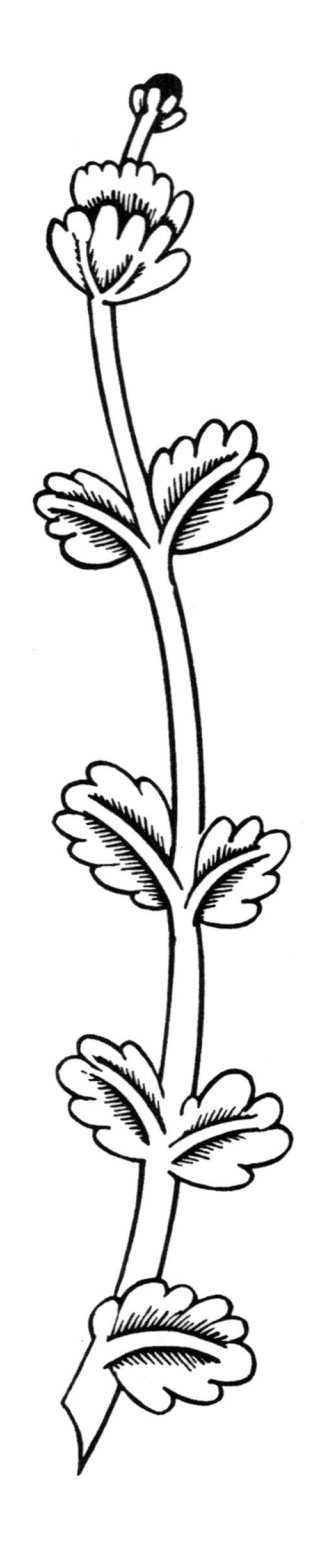

但当它车殆马烦,像孱弱老者,
从白昼之巅峰蹒跚着向晚投暮,
原来恭顺的目光便都纷纷转移,
不去看它末路穷途而另观他物:
　　同样,当你一旦过了壮年盛时,
　　就会湮灭无闻,除非你有后嗣。

8

听音乐,你为何听音乐会悲郁?
快活不伤快活,欢笑喜爱欢笑。
你为何喜欢你不愿接受的东西,
或为何要心甘情愿地接受烦恼?
假若几个悦耳的声部和谐相配,
构成真正的复调把你耳朵冒犯,
它们也只是在轻言细语地责备
你用孤弦糟蹋你本该奏的和弦。
请听一根弦与另一根弦相呼应,
怎样用协调的和声演奏出音乐,
就像父亲、儿子和快乐的母亲,
异口同声地唱着一支动听的歌。
　　他们的无字之歌似乎异调同音,
　　对你唱着:"你弦孤终难曲成。"

9

难道是担心让一名寡妇流泪,
你才孑然一身消耗你的生命?
哦!假如你不留后代就西归,
这世界会像个嫠人痛哭失声;
它将是你的遗孀并永远悲叹
你没有在身后留下你的音容,
而其他孤孀能凭孩子的双眼
把她亡夫的模样珍藏在心中。

请看奢侈者一世挥霍的财富
只是被易手,世人依然享用;
但美之消耗在人间终有限度,
若闲置不用就等于将其葬送。
　如此不顾羞耻而自戕的胸怀
　　对他人绝不会怀有丝毫的爱。

10

知羞吧!别说你有爱人的情怀,
既然你对自己都这么毫不顾惜。
你若愿意就承认你被许多人爱,
可你并不爱任何人却毋庸置疑;
因为你心中缠附着怨恨之恶魔,
以致你毫不犹豫地与自己作对,
企图要摧毁你那座美丽的寓所,
而你本来应该把它修缮得更美。
回心转意吧,好让我刮目相看!
难道怨恨比柔情更值得居美屋?
像你貌美一样,让你的心也善,
或至少证明你对自己怜恤眷顾;
　创造另一个你吧,为了我的爱,
　　这样美将永存于你和你的后代。

11

如你将很快地告别青春而衰朽,
你也会很快地从孩子获得新生;
你青春时代所赋予的新的血肉
仍将属于你,当你告别了青春。
这样智慧、美丽和繁盛将永驻,
反之则只剩愚蠢、老迈和衰微;
若都不思蕃衍,时代就会止步,
六十载光阴就会把这世界摧毁。

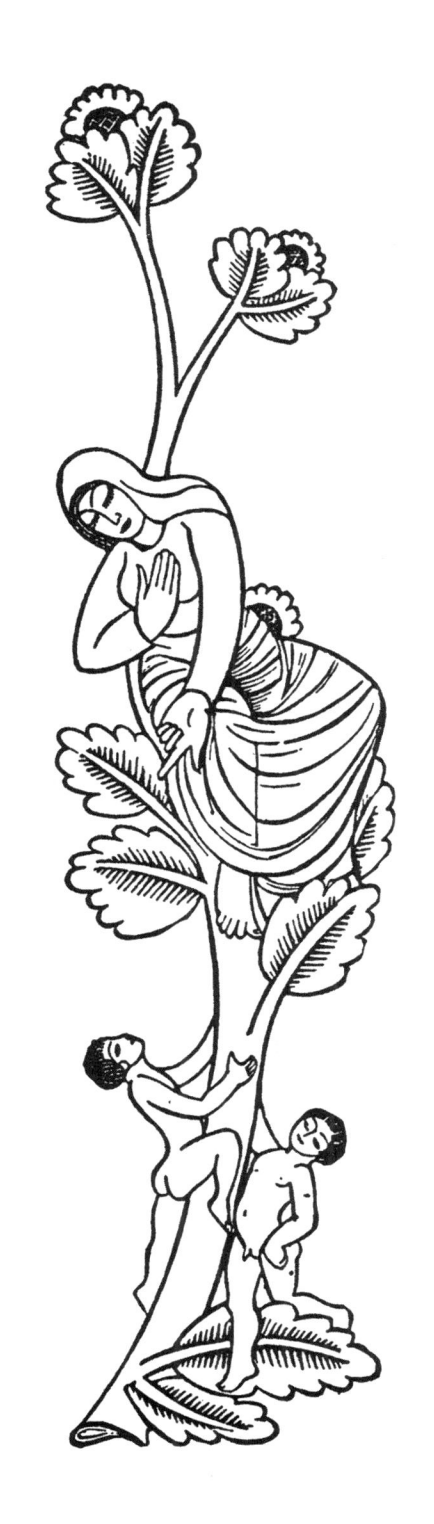

就让那些丑陋平庸的凡夫俗子，
那些造化无意保存者无后而亡：
造化最宠爱者得到最多的恩赐；
对她慷慨的馈赠你应好好珍藏：
　　她把你刻成她的玉印并且企盼
　　你多多盖印，而不要毁了印鉴。

12

当我计算着时钟报出的时辰，
见呆呆白昼坠入狰狞的黑夜；
当我看到紫罗兰终香消色尽，
乌黑的青丝变成了皓发如雪；
当我目睹巍巍大树叶落枝秃，
再不能用其绿荫把牧人弇遮；
当夏日青苗被捆成一束一束，
挺着灰白的须芒被装上柩车，
这时候我就会想到你的美丽，
想到你终将步入时间的荒野，
因为明媚鲜妍总有飘落之时，
一见新蕾初绽自己便会凋谢；
　　而时间的镰刀谁也没法抵挡，
　　唯生息能于你身后与之对抗。

13

愿你永远是自己！可我的爱友，
你终久会失去自身而告别红尘：
对这将临的末日你该未雨绸缪，
该把你俊美的容颜移交给他人。
这样，你以租赁方式获得的美
就永远不会到期，而且你自己
在寿终正寝之后又将再绽新蕾，
那时你的孩子将具有你的容姿。

谁会让一座如此美的寓所倾倒，
当体面的节俭就可以把它支撑，
就可以抵挡住严冬的骤雨狂飙
和死神那寒彻人寰的恣意肆行？
　　只有败家子才会这样！我的爱友，
　　你知你有父亲；让你儿子也说有！

14

我做出判断并非是根据星宿；
虽然我认为自己也懂得占星，
但并不能用其推算吉凶休咎，
或预测瘟疫饥荒和四时年景；
我也不能筮一朝一夕之天道，
卜示每一个时辰的雷电风雨，
或说出王公们是否吉星高照，
据我常从天象中发现的预示：
但从你的明眸我获得这学问，
从那两颗恒星我增长了见识：
真和美将相依相随滋蔓繁盛，
只要你肯回心转意娶妻生子；
　　否则对你我只能够这样预言：
　　你的死期就是真与美的大限。

15

当我想到生长于世间的万物
繁荣鼎盛都不过在朝夕之间，
而这座巨大舞台上演的剧目
无不受制于星宿无声的褒贬；
当我看到世人像草木般蕃息，
甚至被同一苍昊劭励和惩戒，
少时气盛争荣，过盛而衰替，
靡丽纷华终成烟云被人忘却；

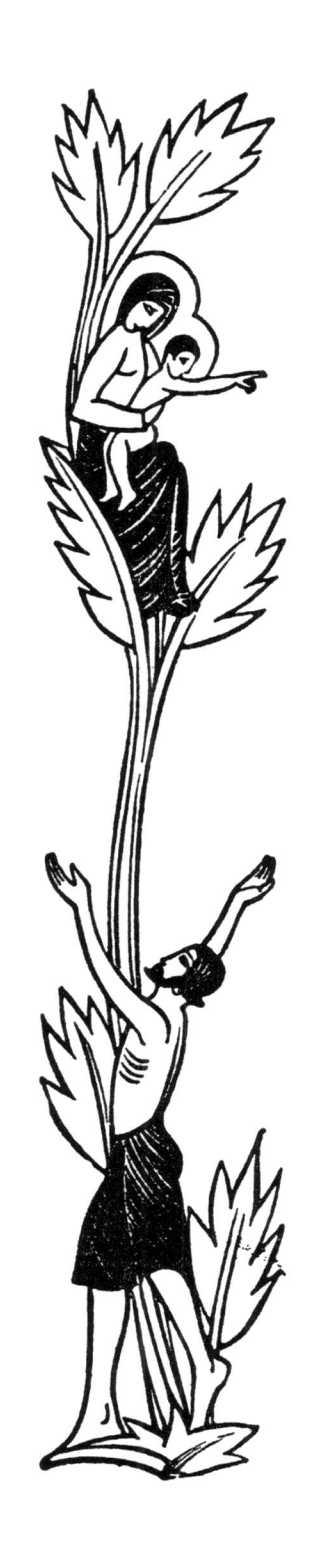

于是我对这无常浮生之领悟
便把正值绮年的你唤到眼前,
便看见无情岁月与衰颓共谋,
要把你青春的旦昼变成夜晚;
　我要同时间抗争,为了爱你,
　它把你摧折,我接你于新枝。 35

16

但你为何不以更有力的方式
去反抗时间这个血腥的暴君?
不采用比拙笔更有效的措施
来防止衰老,焕发你的青春?
现今你站在盛时之巅峰云崖,
而许多未经种植的处女花园
正期盼孕育和你一样的琪花,
比你的肖像更酷似你的玉颜:
这样生命之线便可重铸生命,
而无论时代之笔或我的拙笔,
不管绘内在之美或外貌之俊,
都无法使你活在世人的眼里。
　舍弃你自身仍可保持你自身,
　而你必须凭自己的妙技永存。

17

在未来之日谁会相信我的诗文,
即使通篇都是对你优点的赞歌?
唯有上天还知道它是一座坟茔,
埋着你的生命,难显你的本色。
纵然我能够写出你眼睛之漂亮,
用清词丽句绘尽你的俊秀翩然,
将来的人也会说"这诗人撒谎;
神笔天工绝不刻画凡夫的容颜"。

于是我这些被岁月染黄的诗章
会被当作聒絮的老叟遭人嘲笑,
你应得之赞美则成诗人的狂想,
被说成是一首夸张的古老歌谣:
    但如果那时你有个孩子活在凡尘,
    你将在他身上和我诗里双重永生。

18

我是否可以把你比喻成夏天?
虽然你比夏天更可爱更温和:
狂风会使五月娇蕾红消香断,
夏天拥有的时日也转瞬即过;
有时天空之巨眼目光太炽热,
它金灿灿的面色也常被遮暗;
而千芳万艳都终将凋零飘落,
被时运天道之更替剥尽红颜;
但你永恒的夏天将没有止尽,
你所拥有的美貌也不会消失,
死神终难夸口你游荡于死荫,[36]
当你在不朽的诗中永葆盛时:
    只要有人类生存,或人有眼睛,
    我的诗就会流传并赋予你生命。

19

贪婪的时光哟,去磨钝狮爪吧,
并让大地吞噬自己可爱的子孙;
从凶猛的老虎口中拔出其利牙,
让不死鸟断种绝根被烧成灰烬;[37]
似箭的光阴哟,任你恣意妄为,
让四季在你的飞逝中悲欢交迭,
让世界和世间尤物都花谢花飞;
但我不许你去犯这桩滔天罪孽:

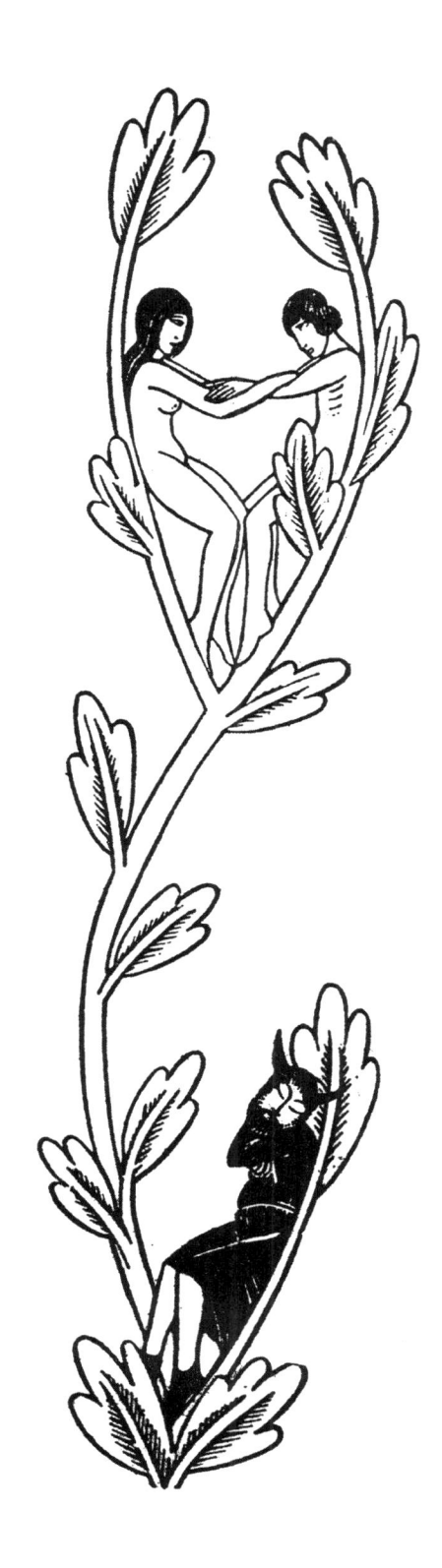

别把岁月之痕刻在我爱友眉间，
别用你老朽的画笔在那儿涂抹；
请容他在你的行程中纤尘不染，
为人类后代子孙留下美之楷模。
　　但老迈的时间哟，不管你有多狠，
　　我爱友仍将在我的诗中永葆青春。

20

你有大自然亲手妆扮的女性的脸，
你哟，我苦思苦恋的情妇兼情郎；
你有女性的柔情，但却没有沾染
时髦女人的水性杨花和反复无常；
你眼睛比她们的明亮，但不轻佻，
不会把所见之物都镀上一层黄金；[38]
你集美于一身，令娇娃玉郎拜倒，
勾住了男人的眼，惊了女儿的心，
大自然开始本想造你为红颜姝丽，
但塑造之中她却为你而堕入情网，
心醉神迷之间她剥夺了我的权利，
把一件对我无用的东西加你身上。
　　但既然她为女人的欢娱把你塑成，
　　就把心之爱给我，肉体爱归她们。

21

我写诗与那位诗人截然不同，
他一见脂粉红袖就大发诗兴，
会用苍天来把他的佳丽形容，
会举种种美物来夸他的美人；
比喻不惜牵强附会靡丽虚华，
比什么日月山川和瀛海珠玉，
比什么四月迎春初绽的鲜花，
以及这浩浩宇宙间所有珍奇。

哦，既然我真爱就让我真唱，
那么请相信我，我爱友俊美，
和天下母亲的孩子一样漂亮，
虽不如天上的金烛那般明媚。
　　让爱吹嘘的诗人去说尽空话；
　　并非卖瓜的我不会自吹自夸。

22

镜子不会使我相信我已衰朽，
只要青春仍然与你相伴相依；
但当你脸上出现岁月的犁沟，
我就会预见我即将与世长辞。
因为包裹着你的那全部的美，
不过是我这颗心合体的衣袍，
我心于你正如你心存我胸内：
那么我怎么可能比你更衰老？
所以哟，爱友，请多多保重，
像我自珍是为你而并非为我；
怀着你的心，我会心无二用，
像慈母为爱婴时时提防病魔。
　　别以为我心死去你的心不碎，
　　你既然把心给我就休想收回。

23

像名功底不足就登台的倡优，
由于怯场而忘了自己的台词，
像一头过分气势汹汹的猛兽，
气急败坏反倒令它心神惶遽，
我就这样因缺少自信而发憷，
忘记了运用情场完美的辞令，
不堪承受自己心中爱之重负，
我爱情的力量似乎衰退殆尽。

哦，那就让我的诗能言善辩，
做我一腔衷情之无声的信使，
它会释我爱心并求更多报还，
多于絮叨的舌端获得的赏赐。
　　请学会解读默默的爱所写所书：
　　请学会用眼睛来听爱心之深处。

24

我的眼睛在扮演着一名画师，
在心之画板上绘下你的倩影；
这幅肖像的画框是我的身躯，
而透视法是画师的高超技能。[39]
因为要发现藏你真容的地方，
你得透过画师去看他的功夫；
这幅画永远挂在我心之画廊，
画廊窗户镶着你的灿灿明目。
看眼睛和眼睛怎样互施恩惠：
我的眼睛描绘出了你的形体，
而你的明眸是我心灵之窗扉，
太阳爱透过这窗口把你窥视；
　　不过眼睛还应该完善这门技巧：
　　它们只画外观，内心却不知道。

25

让那些有吉星高照的家伙
去夸耀其显赫的声名头衔，
而命中注定无此殊荣的我
则不为人知地去爱我所恋。
帝王的宠臣展叶沐浴皇恩，
但就像太阳光下的金盏花，
其绚烂富丽总会葬于自身，
天一阴它们就会失尽荣华。

沙场名将即便是劳苦功高，
若百战百胜之后一旦败北，
也会从荣誉簿上被人勾销，
以往的功勋也都烟灭灰飞。
　　爱而且被爱，那我真幸运，
　　我既不会失宠也不会移情。

26 [40]

我所敬慕的阁下，你的德行
使卑臣甘愿为你效犬马之劳，
我向你奉上这纸写就的书信，
是表示忠顺而非把文才炫耀。
我一片耿耿忠心但才疏学浅，
词贫句拙，或难表恭顺之意，
但我仍祈望阁下你别具慧眼，
把这质朴的心意嘉纳于心底；
直到某颗指引我旅程的星宿
用吉祥的星光使我运转时来，
并为我寒碜的爱心披上锦裘，
以证明我值得蒙受你的青睐。
　　那时我也许敢夸耀我多么爱你；
　　在此之前我不敢露面让你证实。

27

不堪疲惫，我匆匆上床就寝，
好好安歇我旅途困顿的身躯；
但这时脑海里又开始了旅行，
使心灵劳累，当身体在休息；
因此刻我的思绪欲把你朝拜，
不惜历尽天涯之路到你身边，
所以强迫我的睡眼勉强睁开，
可看到的是盲人眼前的黑暗：

唯有我心灵那双想象的明目
把你的身影呈现于我的盲眼，
像一颗宝石高悬在森森夜幕，
使黑夜变美丽，旧貌变新颜。
　瞧，白天是我身，夜晚是我心，
　为你为我而得不到平静与安宁。

28

那么我怎能高高兴兴地回返，
既然失去了休息安歇的福分，
既然白天的压迫不为夜减缓，

而日夜交替的暴虐没有穷尽？
尽管日夜各自为政不共戴天，
但为了把我折磨却沆瀣一气，
白天用劳役，黑夜令我愁叹，
我得累多久，总这么远离你。
我取悦白天，说你灿烂辉煌，
当乌云蔽日时你能使它明媚；
我讨好黑夜，说星星若不亮，
你甚至也能够使它熠熠生辉。
　　可白天一天天拖长我的烦忧，
　　而黑夜一夜夜加深我的离愁。

29

逢时运不济，又遭世人白眼，
我独自向隅而泣恨无枝可依，
忽而枉对聋聩苍昊祈哀告怜，
忽而反躬自省咒诅命运乖戾，
总指望自己像人家前程似锦，
梦此君美貌，慕斯宾朋满座，
叹彼君艺高，馋夫机遇缘分，
却偏偏看轻自家的至福极乐；
可正当我妄自菲薄自惭形秽，
我忽然想到了你，于是我心
便像云雀在黎明时振翮高飞，
离开阴沉的大地歌唱在天门；
　　因想到你甜蜜的爱价值千金，
　　我不屑与帝王交换我的处境。

30

每当我把对前尘往事的回忆
传唤到审理冥想幽思之公堂，
便会为残缺许多旧梦而叹息，

昔年伤悲又令我悲蹉跎时光；
于是我不轻弹的眼泪会奔涌，
哭被死亡之长夜掩埋的故友，
又伤早已被注销的爱之伤痛，
又哀许多早已经支付的哀愁；
于是我会为昔日冤情而悲叹，
重述一段段不堪回首的痛苦，
仿佛那伤心的旧债未曾偿还，
而今我又伤伤心心重新支付。
　但我此时若想到你，我的爱友，
　一切便失而复得，顿消许多忧。

31

你的心因众心所爱而更可爱，
我本以为消逝的众心已死去，
原来爱和爱之美质藏你胸怀，
我以为已埋的朋友在你心底。
有多少伤逝悼亡的圣洁泪珠
已被虔诚的爱从我眼里偷走，
用以祭奠死者，可亡人失物
如今似乎全都埋藏在你心头！
你原来是座藏情纳爱的坟墓，
缀满我昔日爱友的遗琴坠展，
他们把我献的祭品向你奉出：
而今你独享众人应得的爱意。
　我在你身上看见了他们的身影，
　你是他们全体，拥有我整颗心。

32

假如我寿终正寝后你尚在世，
当粗鄙的死神把我埋入黄土，
那时你若偶然翻开我的遗诗，

重读你亡友这些粗陋的词赋；
当你把拙笔与后世华章比较，
发现每一新篇都远胜过它们，
请你为了我的爱而保存拙稿，
虽它们不及幸运天才的妙文。
哦，那时请赐我这一份爱意：
"吾友之缪斯若能生在今朝，
他的爱能写出更华美的诗句，
能与盛世诗豪词杰共领风骚；
　但他已去，而时人更富文采，
　那我品今贤才藻，读他的爱。"

33

多少个清晨我见辉煌的旭日
用至尊至贵的目光抚爱山丘，
用金色的脸庞亲吻青青草地，
用镀金神术涂抹黯淡的溪流；
可不久他又容许卑贱的乌云
伴丑陋的阴霾飘上他的圣颜，
转脸不顾这可怜的茫茫凡尘，
不体面地偷偷摸摸溜向西天。
我的太阳也曾经在一天清晨
把他的万道光辉洒在我头上，
可是哟，他只给我片刻光明，
而今天上的乌云已把他遮挡。
　但我的爱心不因此而把他鄙视，
　天上的太阳可污，何况这人世。

34

你为何许给我那种朗朗晴日，
哄我不披上斗篷就出门旅行，
让卑鄙的云雨对我半路突袭，

用腐臭的阴霾遮掩你的光明？
现在你即便冲出乌云也无效，
把我脸上的雨水晒干也不足，
因为无人会称道这样的药膏，
它只医创伤，却洗不去羞耻。
你的愧赧无法治愈我的伤心；
我已蒙耻含垢，尽管你后悔。
对于背负耻辱之十字架的人，[41]
伤害者歉疚只是菲薄的抚慰。
　唉，但你的爱洒下的泪是珍珠，
　其珍贵已足够把你的劣行尽赎。

35

别再为你的所作所为而痛苦：
玫瑰尚有刺，清泉尚有淤泥，
日月尚被乌云和亏蚀所玷污，
娇蕾中尚有可恶的毛虫藏匿。
凡人孰能无过，我也有差谬，
竟用比喻来为你的劣行开脱，
收买我自己来掩饰你的罪尤，
宽恕你那本不该宽恕的大错；
由于要替你把风流劣迹遮掩，
你的原告成了你的辩护律师；
我对自己开始进行合法抗辩。
爱憎之内战就这样在我心里，
　结果我不得不成为一名同谋，
　去帮助那个盗我温柔的小偷。

36

让我承认我们俩必须得分手，
尽管我们不可分的爱是一体，
这样那些蒙在我身上的污垢

无须你分担而由我独自担起。
我俩的爱中只有相互的敬重,
尽管我俩的命中有离怨别恨,
离别虽然不能改变爱之特征,
却能从爱的欢乐中偷去良辰。
我再也不会承认你我的友谊,
唯恐我可悲的罪过使你蒙羞,
你也不该再当众给我以礼遇,
除非你甘心让你的名声含垢。
　但你别这样做;我是如此地爱你,
　　以致你属于我,也包括你的名誉。

37

像一位衰老的父亲总是喜欢
看到他活泼的孩子建功立业,
所以我虽然被厄运伤害致残,
却因你尽善尽美而感到慰藉;
因为在你的高贵的美质之中,
无论是美貌或出身首屈一指,
还是财富智慧或一切都出众,
我都会把爱嫁接于这棵繁枝。
这样我就不残不穷不被小看,
只要这片虚影投下如此实情,
使我在你的富足中感到如愿,
并借着你一份荣光安身立命。
　我唯愿世间至善至美聚你一身,
　　遂此心愿,那我将十倍地幸运。

38

我的诗兴怎会缺创作之主题,
当你还活着,正为我的诗章
倾注你自身温馨甜美的意趣,

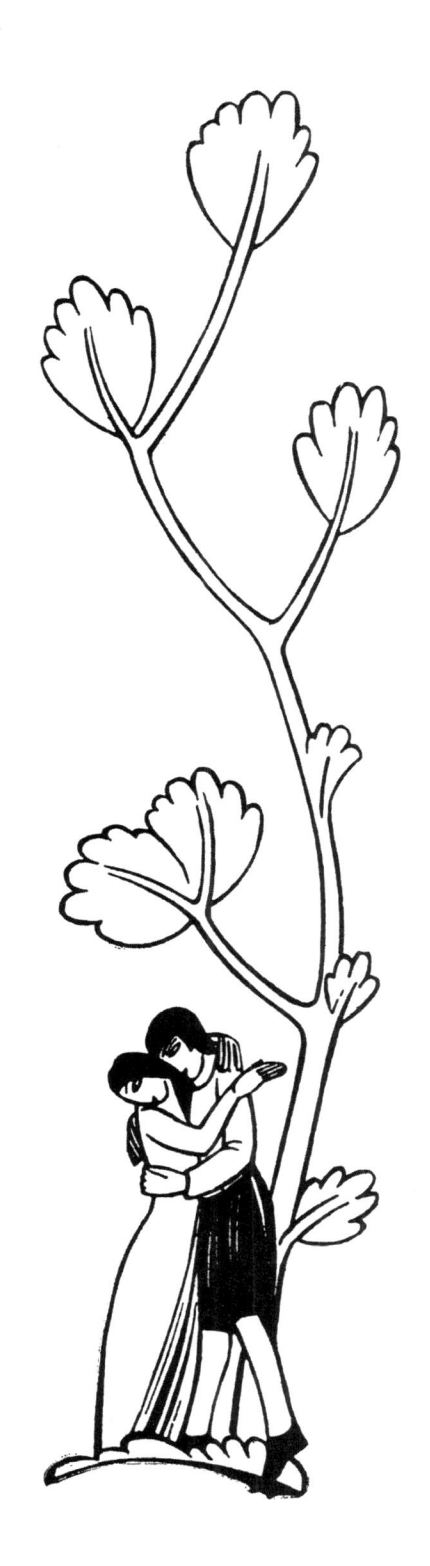

精妙得使平庸诗客没法吟唱？
哦，谢你自己吧，若我诗中
尚有些佳词妙句值得你赏玩；
因为谁会笨得竟不为你咏诵，
当你亲自为他注入诗思灵感？
做第十位缪斯吧，你比人们
所祈求的九位诗神高明十倍；
对向你祈求灵感的这位诗人，
就让他写出的诗篇万世永垂。
　我微薄之才若能取悦这挑剔之世，
　那辛苦归于我，而赞美则归于你。

39

哦，我如何能恰当地把你歌颂，
既然你是我自身更好的那部分？
我自己赞美自己对我有什么用？
而我赞你岂不正是赞美我自身？
单凭这点也该让我们星离云散，
让我们的挚爱名义上一分为二，
只有这般别离之后我方能奉献
你应该独享且值得独享的赞歌。
别离哟，你将会给我多少惆怅，
若你残酷的闲暇不容我有假期，
不容我在爱的思念中度过时光，
这般甜蜜地蒙混过时间和思绪，
　若你不教我怎样使孤影成双对，
　凭借在此间睹物思人把他赞美！

40

拿吧，爱友，把我所爱全拿去；
掂掂比你所拥有的爱又多几分？
别无他爱能被你唤作痴心笃意，

夺此爱之前你已拥有我全部情。
所以你若是为爱我而纳我所爱,
我不能因你享我所爱把你责备;
但若你爱我是自欺就该受指摘,
因为你故意贪尝你不欲之芳菲。
我恕你窃玉偷香,温柔的小偷,
尽管你已偷去了我仅有的财物;
可爱心知道爱之伤痛最难忍受,
它比仇恨公开的伤害更添痛苦。
　风流的美哟,使劣行也显风流,
　请伤害我吧;但我们绝不为仇。

41

你的放荡不羁犯下的香尤艳罪,
当你偶尔忘掉我时的浪漫春情,
与你的貌美和年少都相宜相配,
因为你无论到哪儿诱惑都紧跟。
你温柔高贵,所以被裙钗夺取;
你英俊潇洒,所以遭巾帼围攻;
而当女人求欢,凡女人的儿子,
谁能狠心离去而不圆她的春梦?
唉!可是你不该偷占我的鹊巢,
而该谴责你的美貌和风流绮年,
是它们勾引你四处去拈花惹草,
从而驱使你毁了一个双重誓言:
　她背信,因你的美诱她委身于你,
　你弃义,因你的美对我并不真实。

42

你占有她,这并非我全部烦忧,
虽然可以说我爱她曾情深似海;
她占有你,才是我悲伤之缘由,

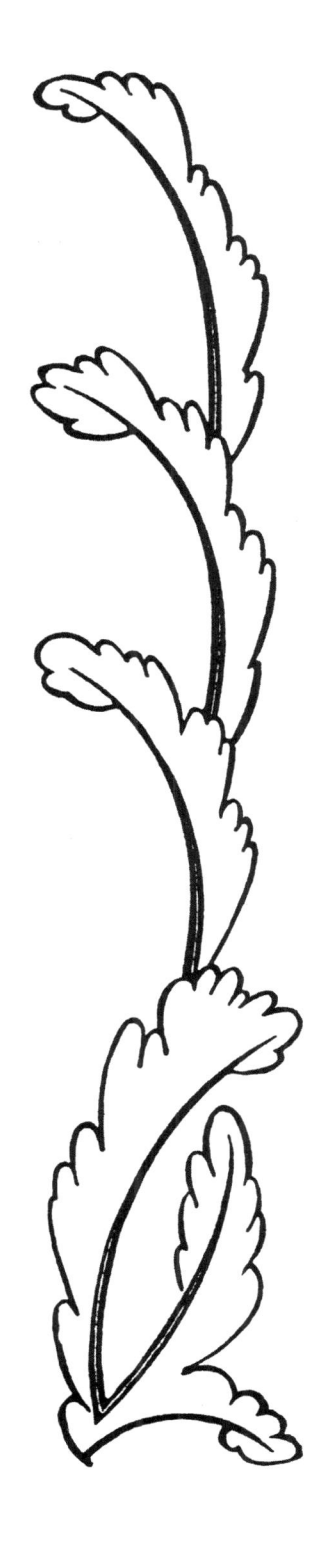

这爱的失却才是更直接的伤害。
爱的伤害者哟,我替你俩分辩:
你爱她是因你知道我对她钟情,
而她也正是为了我才把我欺骗,
才容我朋友为了我而试用其身。
若我失你,所失乃我情人所获,
若我失她,你已经找到我所失,
而我失去你俩,你俩互相获得,
双双为我而让我把十字架背起:
　可快乐就在这儿;你我本是一体。
　多妙的迷惑!那她爱的是我自己。

43

我眼睛闭得越紧就看得越清晰,
因为它们白天所见都极其平常;
而当我入睡,它们在梦中看你,
遮暗的目光便被引向黑暗之光。
可既然你的身影能够照亮黑暗,
让紧闭的眼睛也感到灿烂辉煌,
那但愿你身影之形体能在白天
用你更亮的光形成更美的形象!
我说既然在死寂之夜你的倩影
能穿透沉睡逗留于紧闭的睡眼,
那但愿我的眼睛被赐予这荣幸:
能在充满生气的白天把你看见!
　若是看不见你,白天也像夜晚,
　梦中与你相会,夜晚也是白天。

44

假若我这笨重的肉体是思绪,
有害的距离就不能把我阻挡;
因为那时我会不顾迢迢千里,

从天涯海角飞往你住的地方。
那时我即便远离你也无妨碍，
纵然浪迹穷边绝域也不要紧；
因为敏捷的思绪会翻山越海，
只要它一想到该往何处飞奔。
可我非思绪，此念令我心碎，
我不能越迢迢关山把你寻觅，
我的生命中有太多的土和水，[42]
我只能用哀怨悲叹侍奉时机，
　这两种重浊的元素别无所赐，
　唯有咸泪，两者悲哀的标记。[43]

45

我另外两种元素乃轻风与净火，
前者是我的思绪，后者是愿望，
它们与我若即若离，来往穿梭，
无论我居何处它们都伴你身旁；
当这些轻灵的元素离我而外出，
作为温柔的爱之信使去你身边，
我生命之四大元素便只剩水土，
忧愁悒郁便压我堕向死亡深渊，[44]
直到飞去的信使从你那里返回，
使我生命之结构重新恢复完整；
此时此刻它俩恰好又一次回归，
正在向我保证说你一切都康宁。
　我闻此讯而喜；可欣喜不长留，
　我再送它俩回返，于是又生忧。

46

我的眼睛与心灵正在拼命争斗，
以决定如何瓜分所俘获的尊颜；
眼睛要阻止心把你的肖像取走，

而心灵欲剥夺眼对你的探访权。
心灵申诉说你在它的深处幽居,
那是个明眼从不去偷看的密处;
可被告否认此申诉要求的权利,
并说你的玉颜是在它那里居住。
为裁定这归属权只好召集陪审,
参加陪审的思想全是心的房客,
它们经过评议终于做出了决定,
划分了明眸和柔心各自的份额,
　　裁决如下:你的外貌归我眼睛,
　　而我的心有权拥有你内心的情。

47

我的眼睛与心灵结成了同盟,
它俩现在互通有无投桃报李。
当眼睛渴望要一睹你的尊容,
或当心灵被相思的悲叹窒息,
这时或眼睛用你的画像飨客,
邀我的心把画就的佳肴品尝;
或是眼睛在心之盛宴上落座,
把心灵对你的缱绻情思分享。
所以有你的画像或我的爱恋,
远方的你就永远和我在一起;
因你不会比我所思去得更远,
而我永伴我思,我思永伴你;
　　即或思绪睡去,我眼中这画像
　　也会唤醒心儿与眼把快乐共享。

48

临行前我曾多么小心地提防,
把细软之物都锁进了保险柜,
以确保不丢失好将来派用场,

以确保它们能免遇小偷窃贼!
可令我的珠宝黯然失色的你,
我过去的极乐、如今的烦忧,
我的至亲至爱和唯一的焦虑,
却被毫无防范地留给了小偷。
我没把你锁进任何金库银箱,
只把你包藏在我温柔的心里——
这我想你在你却不在的地方,
因为这地方你可以任意来去。
 而即便藏在此处我也怕你被偷,
 因面对如此珍宝君子也会伸手。

49

为防那一天,若真有那一天,
当我看见你对我的缺点皱眉,
当你的爱因花掉最后一笔钱,
被深思熟虑唤去把账目核对;
为防那一天,当你形同路人,
不用太阳般的眼睛向我问候,
当你那颗已面目全非的爱心
想要搜罗到冠冕堂皇的借口;
我为预防那一天而躲在这里,
在这儿思量反省自身的短处,
并宣誓做出不利于我的证词,
替你那些合法理由进行辩护:
 你确有法律依据抛弃可怜的我,
 因你为何该爱我,我无理可说。

50

多么阴沉哟,我的长途跋涉,
当我去之处,我疲旅的终点
总教休憩和安歇对我这么说:

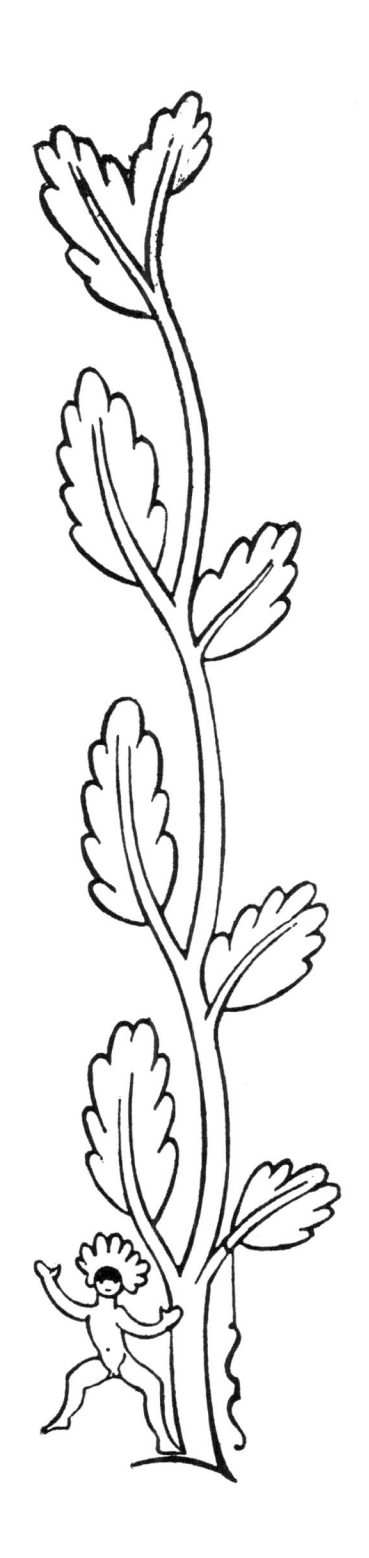

"你又离开了朋友多远多远!"
为我哀伤所累的驮我的马匹
也驮着我这份忧愁蹀躞而行,
仿佛这家伙凭某种本能得知
它主人因离开你而不愿快进。
偶尔恼怒时用靴刺狠狠踢它,
可靴刺沾血也不能催它加步,
它只用一声悲哀的呻吟作答,
此声于我比它挨靴刺钉更苦;
　因为这呻吟使我想到某个念头:
　我的忧愁在前方,欢乐在身后。

51

这么说当我离你而去的时候,
我的爱可以原谅这笨马太慢:
离你而去我干吗要纵缰驰骤?
待回程之日我才须策马扬鞭。
那时我岂能原谅这可怜畜生,
当鹰飞鹿跃也像是蜗行牛步?
那时纵然跨风我也要用刺钉,
因对风驰电掣我也会没感触。
那时骏骥难与我的欲望齐驱,
所以由至情至爱构成的欲望
将摆脱肉体以它的神速飞驰;⁴⁵
但爱心为爱之故会把马原谅:
　既然别你而去时它曾故意慢行,
　归程我就自己跑,由它去磨蹭。

52

我像个富翁,他那幸运的钥匙
能领他去开启心爱的宝库大门,
可他不愿时常把他的珍宝凝视,

唯恐那种少有的快感会变迟钝。
节日之所以那么隆重那么稀罕,
是因为长长的一年中只有几度,
恰似贵重的宝石被疏朗地镶嵌,
或珍珠项链上最大的几颗明珠。
时间就正如我的宝库把你珍藏,
或者像个衣橱装着华丽的衣裙,
它每一次开门展露紧锁的华光,
都使那特定的一瞬格外的幸运。
　你真幸运,你的珍贵给人机会,
　有你时欣喜,无你则盼你回归。

53

你的本质是啥,用何元素构成,[46]
竟使成千上万的影子跟随着你?
因为每一个人都只有一个身影,
而你一人却能化作每一个影子。
试描绘阿多尼,可那幅肖像画[47]
不过是对你的容貌之拙劣模仿,
在海伦的脸上尽施美容之妙法,[48]
但画就的只是你身着希腊古装;
就说这一年之中的阳春和金秋,
一个展示出你明媚秀丽的投影,
另一个表现你慷慨之恩深义厚;
你在每一种天赋的形影中留存。
　你存在于所有外在的优雅之中,
　但论忠贞不贰,你却与众不同。[49]

54

哦,美如果有了真诚来装饰,
看上去就不知要美丽多少倍!
我们觉得艳丽的玫瑰更艳丽,

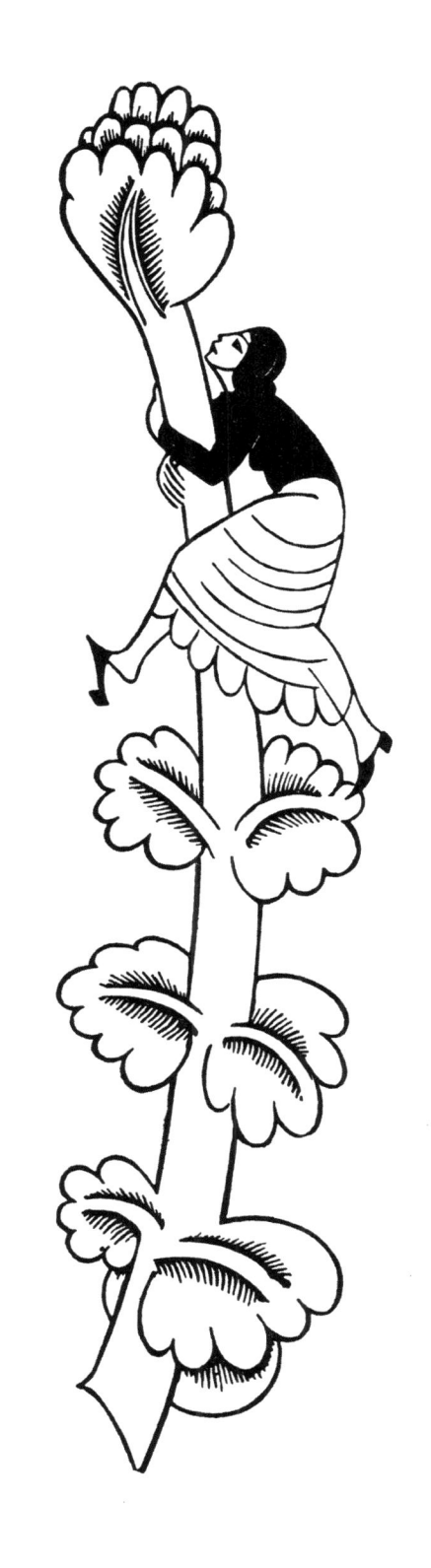

是因为它蕴含那种馥郁芳菲。
若仅仅是论色泽之浓艳纷华,
野蔷薇堪与馨香的玫瑰争妍,
当夏风吹开蒙住蓓蕾的面纱,
它们也悬刺丛,也花枝招展:
但因它们唯一的美就是外表,
故无人眷恋倾慕就悄然衰亡,
可含香的玫瑰却非这样命薄,
它们的香骸艳骨可提炼芳香。
　　而你也如此,美丽可爱的少年,
　　当美逝去,诗把你的真容提炼。

55

王公们的大理石或镀金墓碑
都不会比这有力的诗篇经久;
你将在这些诗篇中熠熠生辉,
胜过被污浊岁月弄脏的石头。
毁灭性的战争会把塑像掀翻,
兵燹会根除石筑的碑塔楼台,
可无论是战神的利剑或狼烟
都难毁这追忆你的生动记载。
面对死亡和忘却一切的恶意,
你将信步前行;对你的赞颂
将永远闪烁在后世子孙眼里,
直到世界末日使一切都告终。
　　所以在你起身接受最后审判之前, 50
　　你将存于爱者眼中和这字里行间。

56

甜蜜的爱哟,请你把力量恢复;
别让人说你的锋刃比食欲还钝,
食欲不过今朝饱餐后心满意足,

明天它又会嚣然思食大嚼大吞。
请你也这样；虽然今天已看够，
甚至你饥饿的眼睛已餍饱欲闭，
但请明日再睁开你的灿灿明眸，
别用沉沉昏睡把爱的灵魂窒息。
就让这阴沉的间隔像退潮海水，
一对刚定情的恋人每日到岸边，
当他俩看见爱的浪潮汹涌回归，
那景象看上去也许更令人开颜；
  或称它为冬天，充满忧思的冬
  使夏天更显美好，更值得憧憬。

57

既然是你的奴仆，我能做什么，
除了时刻等着你想到把我使唤？
我自己并无宝贵的时间可消磨，
也无事可做，直到你把我差遣。
我不敢责怪这绵绵不尽的时光，
当我为主人你看守着这个时钟；
我不敢想离别会令人伤心断肠，
当你对你的仆人说出那声保重；
我也不敢怀猜忌之心询问探究
你会去向何方，去做什么事情，
而只像个伤心奴仆想一个念头：
你所到之处的那些人多么有幸。
  所以爱真是个地地道道的白痴，
  任你为所欲为，它都认为没事。

58

但愿当初使我成为你奴仆的神
禁止我的心核查你的良辰春宵，
或不许我渴望看你的时间账本，

既然为奴就只好任你自在逍遥!
哦,让我唯命是从,让我忍受
你自由地离去所留给我的禁锢;
让我俯首帖耳地吞下每次苛咎,
并绝不因你伤害我而抱怨诉苦。
无论你想去哪儿,你那份契据,
都使你拥有特权随意支配时间;
你同时也拥有特权去宽容姑息
你自己的所作所为犯下的罪愆。
　　哪怕等待是地狱,我也只有等待,
　　不怪你寻欢作乐,管它是好是歹。

59

若天下无新事,一切都曾有过,[51]
那么我们的头脑受了多大的骗,
当其为了创新而备尝艰辛折磨,
却误让前世的孩子再诞生一遍!
哦,但愿历史能用回顾的目光
恰好追溯到太阳前五百个行程,[52]
让我能在古书里看看你的形象,
自从所思所想最初被写成诗文!
这样我就能看到古人如何评价
由你的形体所构成的这个奇迹;
看是我们更好,还是他们更佳,
看循环是否千篇一律周而复始。
　　哦,我敢肯定,昔日的才子文豪
　　所赞美的对象与你相比都逊风骚。

60

像波涛涌向铺满沙石的海岸,
我们的时辰也匆匆奔向尽头;
后浪前浪周而复始交替循环,

时辰波涛之迁流都争先恐后。
生命一旦沐浴其命星的吉光,
并爬向成熟,由成熟到极顶,
不祥的晦食便来争夺其辉煌, [53]
时间便来捣毁它送出的赠品。
光阴会刺穿青春华丽的铠甲,
岁月会在美额上挖掘出沟壕,
流年会吞噬自然创造的精华,
芸芸众生都难逃时间的镰刀。
　　可我的诗篇将傲视时间的毒手,
　　永远把你赞美,直至万古千秋。

61

难道你希望你的身影让我失眠,
让我在这漫漫长夜里目不交睫?
当酷似你的影子嘲弄我的视线,
难道你真希望我从睡梦中惊觉?
难道是远离家门身在异乡的你
派你的灵魂回来窥探我的行为,
来发现我令人汗颜之无所事事,
以便让你的猜忌之心得到安慰?
哦,不!你的爱虽广但却不深;
使我目不交睫的是我对你的爱,
使我夜夜惊梦的是我对你的情,
是我在为你守夜,等着你归来。
　　我在为你守夜,你也在熬通宵,
　　在远离我的地方有人把你倚靠。

62

自恋这罪孽蒙住了我的双眼,
占据了我的灵魂和整个肉体;
而没有良药可祛除这种罪愆,

因为它深深地扎在我的心底。
我以为自己的美貌举世无双,
优美的形体和忠贞空前绝后,
我对自身的优点是如此赞赏,
仿佛我在各方面都独占鳌头。
但当镜子照出我真正的面目,
岁月的风刀霜剑已使它褪色,
于是我对自恋终于另有所悟,
这样迷恋自己真是一种罪过。
 　我自赞是在把另一个自己赞颂,
 　是用你的青春美粉饰我的龙钟。

63

为防我的爱友像我现在这般
被时间的毒手所揉皱并磨损;
那时岁月会把他的鲜血吸干,
并在他脸上刻下一道道皱纹;
他青春之晨将坠入暮年之夜,
而他今天所拥有的昳丽俊秀
将会渐渐消失或完全被湮灭,
他春天的珍宝将会悄悄溜走;
为防那一天我现在就筑工事,
以抵挡无情岁月无情的利刃,
使其难斩对我爱友美的记忆,
尽管它能斩断我爱友的生命。
 　他的美将闪现在这些诗行之中,
 　诗将长存,而他将在诗中永生。

64

当我看见往昔的靡丽与浮华
被时间之手无情地埋入尘土;
当我看见曾高耸的城堡坍塌,

不朽的青铜也朽于死之狂怒;
当我看见那饥饿的汪洋大海
侵占吞食海岸上的陆地王国,
坚实的陆地又延伸把海填盖,
沧海桑田此时彼时忽失忽得;
当我看见世情万象如此交替,
或世情万象本身注定要衰朽;
这时毁灭便教会我这样沉思:
时间终久会来带走我的爱友。
　这念头犹如死亡,它别无选择,
　只能为它所害怕失去的而悲咽。

65

既然青铜砖石陆地和沧海之水,
其力量都不能抗拒阴森的死亡,
那么力量并不比娇花更强的美
又怎么能与死亡的狂怒相对抗?
哦,夏日那些甜蜜芬芳的生命
怎么能经受时日毁灭性的攻击,
既然坚韧的巉岩和牢固的铁门
面对岁月的侵蚀也非坚如磐石?
哦,可怕的思绪!哦,在何处
时间的瑰宝能躲过时间的橱柜?
有什么巨手能够阻拦走兔飞鸟?
又有谁能禁止时光把美艳损毁?
　哦,没有,除非这奇迹有力量,
　使我爱友在这墨迹中永放光芒。

66

对这一切都厌了,我渴求安息,
譬如我眼见英才俊杰生为乞丐,
平庸之辈却用锦裘华衣来装饰,

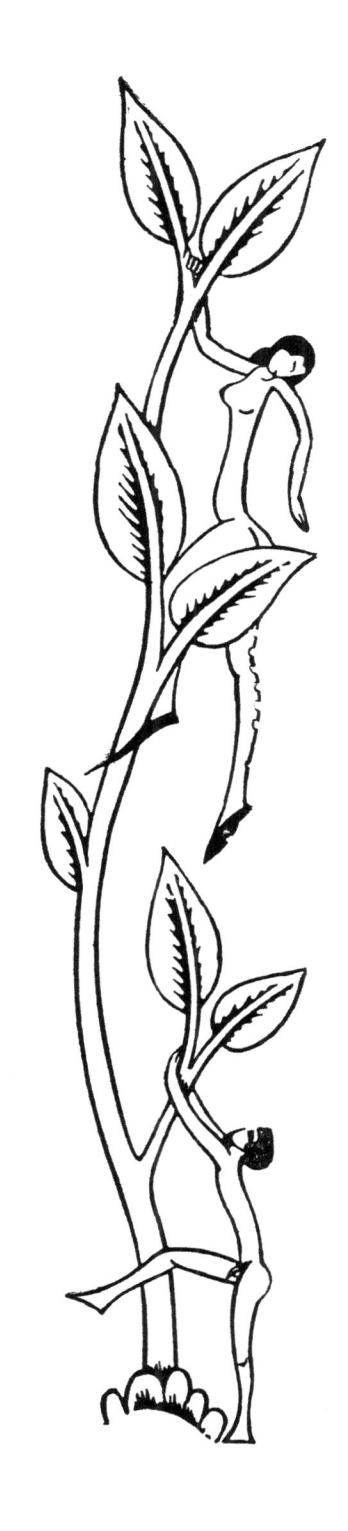

纯洁的誓约被令人遗憾地破坏,
显赫的头衔被可耻地胡乱封赏,
少女的贞操常蒙受粗暴的玷污,
正义之完美总遭到恶意的诽谤,
健全的民众被跛足的权贵束缚,
文化与艺术被当局捆住了舌头,
俨如博学之士的白痴控制智者,
坦率与真诚被错唤为无知愚陋,
被俘的善良得听从掌权的邪恶:
　对这一切都厌了,我真想离去,
　只是我死后我爱友会形单影只。

67

哦,为什么他竟会生在这浊世,
并用他的风姿仪容来粉饰邪恶,
以至于罪孽可能会因他而获利,
靠利用与他的交往来美化自我?
为何涂脂抹粉要模仿他的玉貌,
从他的奕奕神采偷取虚容呆形?
既然他脸上的玫瑰花真实神妙,
可怜的美人干吗费心谋求花影?
他为啥该活,既然造化已破产,
缺乏鲜血来染红活生生的脉络,
因为造化除他之外已别无美艳,
她自夸富有,却靠他的美养活?
　哦,她留他是为了证明她曾富有,
　在很久以前,世道没变坏的时候。

68

因此他的脸颊是往昔的缩影,
那时美像鲜花一样自生自灭,
那时矫饰之美还没有被俞允,

或还不敢在活人的脸上栖歇；
那时候死者头上的金色秀发
还属于坟墓，不会被人剪走，
不会在另一个头上再闪光华；
芳魂艳骨之金发不重显风流。[54]
这神圣往昔就在他脸上展现，
质朴无华，没有丝毫的点缀，
不用他人的翠绿来营造夏天，
不掠陈旧之美来妆扮其新美；
  而大自然把他作为缩影来珍藏，
  是要让矫饰看到昔日美的真相。

69

世人眼里所见的你的身姿容貌
不缺任何想象力能增添的美丽；
表达心声的舌头全都把你夸耀，
连你的敌人也承认这确凿事实。
你的外表因此得到表面的赞美；
但同样是那些把你赞美的声音
用另一种声调把这种赞美摧毁，
因为它们比眼睛看得更透更深。
它们对你的心灵之美仔细窥望，
凭你的行为对其进行推测探究，
结果眼虽大方，可吝啬的思想
却给你的鲜花添上莠草的腐臭。
  但为什么你的名声与美貌不符？
  原因是你生长的这片土地浊污。

70

你受到责备并非由于你有瑕疵，
因为至姣者永远是诽谤的箭靶。
猜疑妒忌从来就是美艳的装饰，

恰似飞在朗朗晴空的一只乌鸦。
只要你有德，那诽谤只能证明
你的价值更大，你被时尚追逐；
因为毒虫都喜欢在娇蕾里藏身，
而你的绮年之春偏偏清白无污。
你已度过青春岁月潜伏的危机，
不是你未中埋伏就是对手受挫；
然而对你的这种赞美尚不足以
阻止嫉妒之心加强并日益增多。
　假若没有恶意的猜忌把你遮掩，
　无数心灵王国将被你一人独占。

71

我死去的时候请别为我哀戚，
那时你会听见阴沉沉的丧钟
向世人宣告我已经脱身而去，
已离开这浊世去伴豸蛆虫。
若读此诗也别去想写它的手，
因为我对你的情意山高水长，
所以我宁愿被你遗忘在脑后，
也不愿你因为想到我而悲伤。
哦，我是说如果你读到此诗，
而那时我也许已经化为尘土，
你千万别念叨我卑微的名字，
让你的爱与我一道朽于棺木，
　以免聪明人看出我死后你伤心，
　像嘲笑我一样把你也当作笑柄。

72

哦，亲爱的朋友，请把我忘怀，
以免世人追问你我有什么优点，
甚至使你在我死后仍把我深爱；

因为你没法证实我值得你怀念，
除非你想编造一些善意的谎话，
言过其实地标榜我本身的价值，
为死去的我树碑立传虚吹浮夸，
远远超过吝啬的事实所愿给予。
哦，因怕你为爱之故替我撒谎，
唯恐你的真情因此而显得虚伪，
就让我的名字和肉体一道埋葬，
别让它留传于世令你我都羞愧；
　　因为我写出的辞章已使我含垢，
　　你爱这不足道的东西也会蒙羞。

73

你在我身上会看到这样的时节，
那时黄叶飘尽，或余残叶几片
依随枯枝在萧瑟的冷风中摇曳，
昔日百鸟齐鸣的歌坛颓败不堪。
你在我身上会看到这样的黄昏，
夕阳西坠后渐渐隐去西天薄暮，
沉沉黑夜一点一点将暮色吞尽，
像死亡之化身遮盖安息的万物。
你在我身上会看到这样的炉火，
躺在其青春的灰烬中朝不保夕，
仿佛是在临终床上等待着殂落，
等待喂养过它的燃料把它窒息。
　　待看到这些，你的爱意会更浓，
　　对即将离去的生命会更加珍重。

74

但请你放心，当无情的拘役 [55]
不容有片刻缓期而把我带走，
我生命之一部分将存于此诗，

作为永恒的纪念与你相厮守。
每当你把这些诗行重新阅读,
你都正好读到献给你的部分。
土只葬土,那是它应得之物,[56]
你应得的则是我生命之灵魂。
所以你只会失去生命的糟粕,
我的肉体,蠹豸蛆虫的美食,
被歹徒利刀征服的懦弱家伙,
低贱卑微不值得你怀念追忆。
　它的价值在于它包容的内涵,
　此诗此魂将伴随你留在人间。

75

你于我的心好比粮食于生命,
或恰如及时的春雨对于土地;
我竭力想从你那儿获取安宁,
就像守财奴守着财产的心理:
有时作为拥有者而得意飘然,
有时又怕时间窃贼偷走财宝;
忽而认为最好与你单独相伴,
忽而又想携你招摇过市更妙;
刚才还把你凝视并大饱眼福,
转眼又渴望见你如已隔三秋;
除了从你那儿获得欢欣鼓舞,
我没有别的欢乐也不去追求。
　我就这样日复一日忽饱忽饿,
　要么枵腹无餐要么大吃大喝。

76

为什么我的诗篇缺少新鲜辞藻,
毫无变化,或说没有妙笔生花?
为什么我不仿效摩登追逐时髦,

试试舶来的复合词和新创句法？[57]
为什么我写出的辞章千篇一律，
对题目的选择也总是老调重弹，
以致每个词都会泄漏我的名字，
都会暴露出它们的出处和来源？
哦，你得知道，我心爱的朋友，
我笔下永恒的主题就是你和爱，
所以我的妙法只有旧瓶装新酒，
以故为新让陈词滥调重现光彩。
　因为正如太阳每天都既旧又新，
　我的爱也正在抒发曾抒过的情。

77

这镜子会告诉你何为红颜易逝，
这日晷会告诉你何为光阴如梭，
这些空页会记载你心灵之印记，
你可凭这本手册体验这种学说。[58]
你的镜子所要忠实照出的皱纹
将会使你想到张着大口的坟墓；
凭日晷上潜移的阴影你会弄清
时间正在悄悄地走向万劫不复；
而凡是你记忆包容不下的沉思
均可记在这些空页，你将感到
曾由你的大脑孕育生养的子女
会重新与你的心灵结识并相交。
　只要你愿意经常温习这些功课，
　你就会获益并充实你这本手册。

78

我曾经常祈求你赋予我灵感，
在诗艺上得到你那么多扶助，
以至于陌生鹅管都优孟衣冠，[59]

在你的庇护下将其诗才展露。
你那曾教会哑巴歌唱的眼睛,
那曾使笨重愚昧高飞的明眸,
又为饱学者的翅膀添羽加翎,
使本来就美的华章更加优秀。
可请你为我的诗篇感到自豪,
因为它们的产生全受你影响。
对别人的辞章你只点染笔调,
用你的美替他们的文采增光;
　但你却是我全部的诗艺才华,
　是你把我的浅陋提携成博雅。

79

当初只有我一个人祈求你扶助,
那时只有我的诗蒙你厚爱垂青;
可如今我的清词丽句已经陈腐,
我枯竭的灵感只好让位于他人。
亲爱的,我承认你这美妙主题
更值得让一名高手来精雕细琢,
但你那位诗杰对你的歌颂赞誉
都是先掠你之美,再借花献佛。
他夸你有德而德字窃自你所为,
他赞你美貌而美字取自你脸上,
除了你本身就具有的风姿韵味,
他不可能对你有更多赞美颂扬。
　所以你无须感谢他对你的称赞,
　因为你所给予他的他本该偿还。

80

知道有高手在为你歌功颂德,
我写你之时是多么意懒心灰,
他为了让我闭口不再唱赞歌,

正竭尽全力在把你颂扬赞美!
但既然你的恩德浩荡如汪洋,
既载弘舸巨舶也容小艇扁舟,
那么我这艘相形见绌的轻舫
仍不揣冒昧来你这沧海争流。
虽然他在你深深的远洋游弋,
可你一汪浅水便能托我浮泛;
即或遇险,这轻舟一钱不值,
而他坚固宏巨的大船会平安。
　　所以要是他蒙嘉纳而我被拒绝,
　　最坏的结果是我的爱把我毁灭。

81

不管是我将活着为你写墓志铭,
还是你尚健在而我已烂在土中,
死神都抹不去你在世上的名声,
尽管我会被人们忘得无影无踪。
虽说我一旦死去便会踪迹全无,
可你的美名却会因此诗而不朽。
这尘世能给我的只有一抔黄土,
而你则将被安葬在世人的明眸。
你的墓碑将是我这优美的诗章,
未来的眼睛将会对它百读不厌,
未来的舌头将把你的美名传扬,
哪怕现在活着的人都离开人间。
　　你将会活着,我的诗有此神力,
　　你将活在朝气蓬勃的后人嘴里。

82

我承认你不曾与我的诗才成婚,
因此你可以坦坦荡荡胸无宿物
去细品作家们向你献媚的艳文,

去赞许骚客们向你求爱的情书。
你的见识与你的容貌一样非凡,
发现我才疏口拙难颂你的美德,
于是你只好另寻高手另觅新欢,
让盛世英才为你留下新的颂歌。
亲爱的,你去寻吧,你去觅吧!
但等他们用尽所有华丽的辞藻,
你会发现你真正的美貌和才华
是在你忠实朋友的真话里闪耀;
　　他们抹在你玉颜上的艳彩浓脂
　　用来涂那些灰颊黄脸倒挺合适。

83

我历来不认为你需要淡妆浓抹,
因此也从不替你的美施朱傅粉。
我发现或自以为发现你本胜过
诗人为感恩而奉献的蹩脚诗文;
所以我在你显赫的美名下偷闲,
以便让你自己清清楚楚地证实
要说清你具有的这种美质优点,
如今的羽毛管是多么缺乏笔力。
你认为我这种沉默是失礼犯规,
其实这正是我最值得称道之处,
因为我这样默不作声无损于美,
别人想为你添生气反带来坟墓。
　　你这两名诗人所能想出的颂扬
　　还不如你一只眼里的生命之光。

84

只有你是你,比起这深情赞美,
有谁能夸得更好,颂扬得更妙?
在哪位赞颂者幽闭的心园之内

能长出堪与你媲美的琪花瑶草?
诗人在一般着笔处若不加藻饰,
那他的文笔就会显得枯涩平淡;
但他写你时若能说出你就是你,
那他的描述就显得高贵而庄严。
请让他心摹手追你的原貌原样,
别让他歪曲了造化天然的珍品,
这样的摹本将会使他声名远扬,
使他的藻思文采令天下人服膺。
　　可你诅咒这种对你美好的祝福,
　　你过分喜爱赞美使赞美也庸俗。

85

我缄默的诗会知趣地不言不语,
只要别人在尽心竭力把你赞美,
用镀金的笔管记录下你的品质,
用尽九位缪斯锤炼的精妙词汇。
别人辞章华丽而我有一腔祝愿,
对天才奉上的每一篇赞美颂文,
对妙手写出的每一首感恩诗篇,
我都像个见习牧师应一声阿门。
听见对你的赞颂我便说这不假,
并且为最美的赞词把字句增添,
但添的是我爱你之心的心里话,
话虽说在最后,但爱意却居先。
　　所以对别人请留心华丽的辞章,
　　对我则注意无声胜有声的冥想。

86 [60]

难道是他诗篇造就的巨舶弘舸
扬帆前来要独占你恩宠之雨露,
这才把我成熟的思想装上枢车,

把孕育它们的摇篮变成了坟墓?
难道使得我缄口的是他的精神,
那由神灵指导写出的超凡诗句?
不,令我不作声的不是那诗人,
也不是趁夜欤助他的那些侪侣。
能夸口惊呆我才思的不会是他,
也不会是与他亲密无间的神怪,
夜里向他灌输才智的幽灵菩萨;
所以绝非他们惊得我目瞪口呆,
 而是当你的嘉勉充满他的诗行,
 我才灵感枯竭,诗也黯然无光。

87

别了!你高贵得让我不配拥有,
而且你多半也清楚自己的身价。
你的身价给你免除义务的自由;
我与你之间的盟约就到此作罢。
因我拥有你怎能只凭你的应诺?
我凭什么值得拥有这一诺千金?
我没有理由消受你的恩光渥泽,
所以请收回你给我的特许凭证。
你应诺我时尚未认清你的价值,
不然就是挑受惠人时有所疏忽,
因此你这份送错人的厚贶重礼,
经重新斟酌之后应该物归原主。
 于是我曾拥有你,像拥有一个梦,
 我在梦里是君王,可醒来一场空。

88

当你有一天决定视我如草芥,
用嘲笑的目光挑剔我的优点,
我会站在你一边攻击我自己,

证明你有德，虽你自食其言。
我对自己的短处了解得最清，
我会替你记下我的毛病所在，
记下我鲜为人知的劣迹丑闻，
以便你能因弃我而赢得喝彩；
当然我也会因此而成为赢家，
因为我对你倾注了满腔爱慕，
所以我对我自己的大张挞伐
于你有益对我就有双倍好处。
    此乃我之爱，我完全属于你，
    为了你我甘愿忍受任何委屈。

89

要是你说弃我是因我有疵颣，
我马上就会把这种疵颣数落；
你说我跛足我马上就会瘸腿，
绝不会对你的论证加以辩驳。
爱友哟，要替你变心找借口，
你糟践我还不如我自贱自轻；
既然我已经把你的心思猜透，
我会与你断绝交往视同路人，
我会避开你常走的蹊径康衢，
你的芳名不会再挂在我嘴边，
以免俗不可耐的我对它不起，
无意中把我们俩的旧情说穿。
    我发誓要替你把我自己击败，
    因为你所憎恨者我绝不会爱。

90

所以你要恨我就趁现在下手，
就趁着这墙倒众人推的时机，
就请与厄运一道来逼我低头，

不要等为时太晚才匆匆开始。
哦，莫待我心已摆脱这不幸，
莫待我已熬过这些悲痛苦难；
别让一夜狂风后有阴雨之晨，[61]
别让那注定的灾难捱宕迁延。
你要弃我就别等到最后一刻，
别等到小灾小难都施尽淫威，
请你对我的恨一开始就发作，
好让我先尝命运最糟的滋味。
 这样其他那些像是悲哀的悲哀
 与失你相比就会显得不足道哉。

91

有人显示门户，有人卖弄技艺，
有人标榜钱多，有人自诩劲大，
有人喜欢炫耀风靡一时的新衣，
有人爱夸自己的雄鹰猛犬骏马；
每一种气质都有乐趣与之相随，[62]
各自都能找到各自独有的快活。
然而这些乐趣都不合我的口味，
我有一种超越它们的至福极乐。
你的爱于我远远胜过豪门望族，
远远胜过金银钱财和锦衣绣袍，
远比雄鹰骏马更令我心满意足，
拥有你我敢夸拥有天下之荣耀；
 不幸的只是你会把这全都夺走，
 会使得我陷入绵绵无尽的烦忧。

92

但你尽可以狠心地悄悄溜走，
你仍然已保证了爱我一辈子，
我的生命不会比你的爱长久，

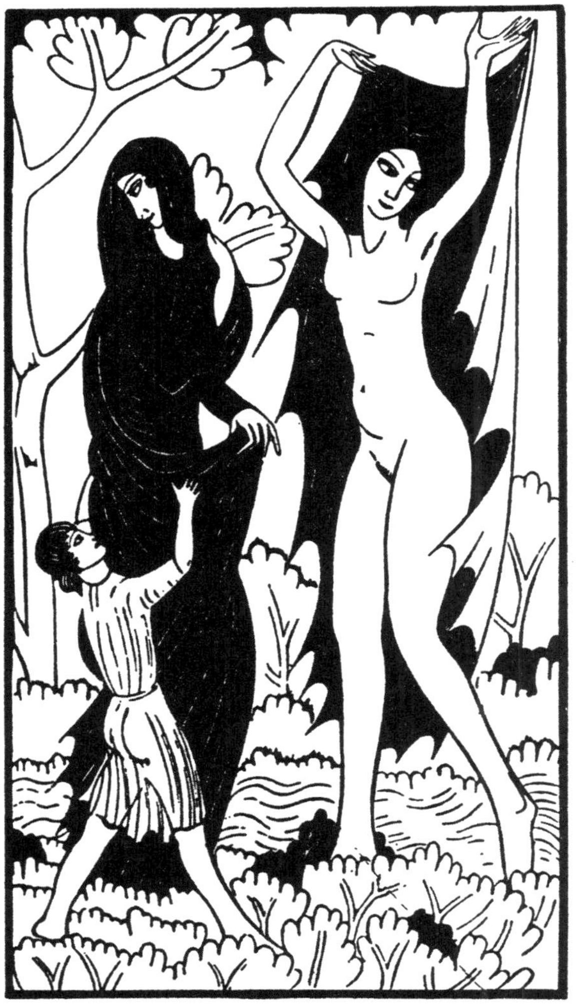

因为它凭着你的爱方能延续。
所以我无须惧怕这灭顶之劫,
既然此劫一显露我就会殒命。
我发现了属于我的更好境界,
它好就好在不由你随意决定。
你的轻浮再也不能令我烦恼,
既然你一变心我生命就完结,
哦,我发现的权利多么可靠,
幸福地被你爱,幸福地永诀!
　　可无瑕的幸福怎能不怕污迹?
　　你可能变心,而我全然不知。

93

那我将活下去,假想你还忠贞,
就像一个被妻子所蒙骗的丈夫;
于是朱颜虽改但于我依然可亲,
你眼睛望着我,心儿却在别处。
因为敌意不可能存在于你眼中,
所以我无法从中看出你有变易。
有许多人朝三暮四的内心活动
均在其反常的神情辞色中显示,
但是上帝在创造你时就已决定
要让柔情蜜意在你的脸上永留;
所以无论你心中如何覆雨翻云,
你脸上都只会表露出可爱温柔。
　　可若是你的品行与外表不契合,
　　那你的美貌多么像夏娃的苹果。[63]

94

有戕贼之力而并不为非作歹,
有美艳之貌而不行风流之事,
能使人动情自己却超乎情外,

对诱惑能持重如石漠然置之，
这样的人才无愧于承受天恩，
才没有挥霍浪费自然之精华；
他们才真是自身美貌的主人，
而别人只是自己姿色的管家。
夏日娇花虽然只有一荣一枯，
但却为夏日奉出鲜艳与芳菲，
可娇花若容卑鄙的霉菌侵入，
连最贱的荒草也会比它高贵；
　因为高洁者纳污则最脏最丑，
　百合花一旦腐烂比衰草还臭。

95

那耻辱像蛀虫藏身芬芳的玫瑰，
它把你正花蕾初绽的美名败坏，
可你把这耻辱打扮得多么娇媚！
你把你的过失包裹得多么可爱！
以致那讲述你生平故事的舌头，
那把你的消遣说成放荡的舌端，
也只能借某种赞词来使你蒙羞，
结果提你的美名倒把恶名遮掩。
哦，那些选中你来藏身的邪恶
已经住进了一座多么美的大厦，
那儿有美丽的纱幔把污秽包裹，
眼睛能看到的一切都美丽如画！
　亲爱的，请当心这种特权殊荣；
　最硬的刀被滥用也会卷刃钝锋。

96

有人说你的瑕疵是少年放荡；
有人说你的魅力是青春跃驰。
无论魅力和瑕疵都有人赞赏；

你把你的瑕疵也变成了魅力。
正如一旦套上在位女王指间,
最粗劣的戒指也被视为至宝,
那些见于你身上的过失瑕玷
就这样变成美德被引以为耀。
假若饿狼能够变形披上羊皮,
有多少羊羔会被它诱入歧途!
假若你想施展你的全部魅力,
有多少观者会被你引上斜路!
　　但你别这样做;我是如此地爱你,
　　所以你属于我,也包括你的名誉。

97

你是飞驰流年中之欢娱时辰,
离别你之后这日子多像冬天!
我觉得天多冷,天色多阴沉,
满目皆是十二月的萧瑟凄惨!
然而我俩这次分离是在夏末,
当丰饶的初秋正孕育着万物,
孕育着春天种下的风流硕果,
就像怀胎十月而丧夫的寡妇。
可是这丰饶的秋实在我眼中
不过意味着没有父亲的孤幼,
因夏天及其欢娱总把你侍奉,
你一离去连小鸟也不再啁啾;
　　即或它们啼鸣其声也那么悲哀,
　　树叶闻声失色,生怕严冬到来。

98

我那次与你分别时正值阳春,
当时披上盛装的绚烂的四月
已给万物注入了青春之精神,

以致沉重的土星也随之雀跃。⁶⁴
然而无论是百鸟的婉转鸣啼
还是百花之芳菲与斑斓锦簇
都不能让我讲述夏天的故事，⁶⁵
或是把花儿摘离美丽的山谷；
我既不惊叹百合之洁白淡雅，
也不赞美玫瑰花的绯红浓艳；
它们悦目的姿容迷人的芳华
不过是模仿你这万物之样板。
　　没有你阳春于我依然是严冬。
　　我逗弄春花犹抚弄你的身影。

99 ⁶⁶

于是我这样责问早开的紫罗兰：
温柔的窃贼，若非从吾爱之气，
那你从何处偷得这般馥郁香甜？
涂抹于你粉面桃腮的殷红绛紫
也正是在我爱友的鲜血中浸染。⁶⁷
我谴责百合偷了你的玉手之美，
指摘墨角兰花蕾偷了你的秀发；
至于刺丛间那些怯生生的玫瑰，
白者偷绝望，红者偷羞羞答答；
而红白相间的第三种两者都偷，
并为偷得的赃物添上你的气息；
但因其偷窃，当它盛开的时候，
一条复仇心切的蛀虫将它蛀食。
　　我见过许多花儿，但不曾见过
　　有哪种花不偷你的芳香或色泽。

100

你在哪里，诗神，竟长久遗忘
讴歌那赋予你全部力量的主题？

你可将激情用于无价值的歌唱,
为阐明卑微琐事消耗你的精力?
归来,健忘的诗神,快快回归,
用高贵的诗句赎回虚度的时间,
把敬重你辞章的耳朵歌唱赞美,
是它为你的笔注入技巧与灵感。
醒来,慵懒的诗神,看看时光
是否在我爱友的脸上刻下皱纹;
若是,就写出讽刺衰朽的诗行,
让时光的劫掠到处都被人看轻。
  为吾爱扬名,趁时间未将其毁掉,
  这样你就能抵挡岁月的风剑霜刀。

101

偷懒的诗神哟,你有何借口
解释你对美浸染的真的怠慢?
真和美双双都依赖我的爱友;
你也得靠他并借此获得尊严。
请回答,诗神;你也许会说:
"真有其本身色彩无须装饰,
美无须画笔来描绘美之本色,
虽不加美化,极致仍是极致。"
难道他无须赞美你就不吭声?
别为沉默开脱,因你有力量
使他比镀金的陵墓更加永恒,
让他在未来的年代被人颂扬,
  那就尽职吧,诗神;让我教你
  如何使他在将来展现今日风姿。

102

我爱得更深了,虽看起来更淡;
我的爱没减少,虽少了些证明。

谁若是拿爱的价值八方去宣传,
那他就把爱变成了兜售的商品。
当我俩刚互相倾慕于那个春季,
我曾习惯用歌为我们的爱欢呼,
就像夜莺在夏日之初歌唱呜啼,
而随着夏天推移则把歌声停住。
并非如今的夏日不如当初快活,
不如夜莺在静夜独自哀鸣之时,[68]
而是每根树枝都压着喧嚣的歌,
欢乐一旦习以为常就失其乐趣。
　　所以我像夜莺有时也缄默无言,
　　因为我不愿我的歌声令你讨厌。

103

唉,我的诗神之创作多么贫瘠,
尽管她能随心所欲地展示华章,
其讴歌对象不加装饰更有价值,
胜过经我加油添醋的赞美颂扬!
千万别责怪我,若我笔秃才尽!
请照照镜子,镜中有一副面孔,
那面孔远远美过我拙劣的诗文,
令我的诗失色,让我无地自容。
欲锦上添花结果反倒画蛇添足,
这难道不是一种极可耻的罪过?
因为除了讲述你的魅力和天赋,
我的诗篇再也达不到其他效果;
　　而当你照镜时那镜中映出的美
　　远非我的诗所能企及所能恭维。

104

美丽的朋友,我看你永不会老,
因为自从我第一眼看见你以来,

你似乎依然保持着当初的美貌。
严冬三度从森林摇落盛夏风采,
阳春也已三度化为暮秋的枯黄,
在四季的轮回之中我三度看见
炎炎六月三次烧焦四月的芬芳,
我当初见你年轻,如今仍当年。
唉,可是美就像钟面上的指针,
会不为人所察觉而悄悄地移动;
所以我以为能永驻的你的青春
也许在流逝而我的眼睛被欺哄。
　唯恐如此,我告诉未来的后世:
　你们尚未出生美的夏天已消失。

105

请别把我的爱叫作偶像崇拜,[69]
别把我的爱友视为一尊神像,
因为无论过去、现在和将来,
我的赞歌都只为唯一而歌唱。[70]
我爱友今朝明日都高贵友善,
会在惊人的优雅中持久永恒,
因此我的诗风从来都不会变,
永远一个调,从不花样翻新。
真善美是我诗中的全部内容,
真善美由此变化成万语千言;
我的诗才就用于这变化之中,
三题合一为我提供天地无限。
　真善美自古以来常独处幽居,
　如今聚一人身上才三位一体。

106

当我从年代久远的古籍史诗
翻阅到关于俊男娇女的描绘,

见因歌颂绝世佳人风流骑士,
美使得古老的诗篇华丽优美,
于是从佼人玉女的绝色之中,
从那些手足嘴唇眼睛和眉毛,
我看出古代诗人本来想歌颂
你今天具有的这种姿容品貌。
所以他们的赞美不过是预言,
预言我们的时代和你的风姿;
而由于只用预测的眼光窥探,
他们缺乏技巧歌颂你的价值;
　因为就连亲眼见过尊容的我辈
　也只有眼睛惊羡而无口才赞美。

107

无论我的担忧还是这茫茫世间
冥想着未来之事的预言的心灵
都不能为我忠贞的爱定下期限,
尽管此爱注定终将服从于命运。
人间的月亮已经历了她的月蚀,
悲观的预言者把自家预言嘲讽,
动荡不安终于变成了相安无事,
和平宣告橄榄枝将会永远青葱。[71]
如今沐浴着这芳菲时节的甘露,
我的爱展新颜, 死神也顺从我,
因尽管他把缄口噤声的人欺辱,[72]
可我将无视他而在拙诗中存活;
　而当暴君的纹章铜墓被岁月摧毁,
　你将在这诗行中发现你的纪念碑。

108

我脑中有何能诉诸文字的思绪
尚未写出来表明我对你的真情?

还有什么可述可书的新篇新辞
能歌颂你的美,表达我的爱心?
没有,亲爱的;但就像做祷告,
我必须每天都把祷词重复一遍,
你属我,我属你,老话并不老,
恰如当初我尊崇你的美名一般。73
这样披上爱的新装的永恒的爱
就不会理睬岁月的尘垢和毁伤,
也不因必然的皱纹而衰老朽迈,
而会永远把旧歌陈词读作新章,
　在时间和外貌欲使爱衰竭之处
　发现爱依然被滋养,新鲜如初。

109

哦,千万别说我曾虚情假意,
虽分离似乎平缓了我的激情。
我的灵魂就寄寓在你的心里,
而我宁抛肉体也不愿弃灵魂。
那是我爱之家;若我曾流浪,
现在就像旅行者又重返家园,
准时归来,没因久别而变样,
所以我自己带水来洗涤污点。74
虽然在我的性情和气质之中
存在着人类天性易有的疵颣,
但别以为我愚蠢得荒唐昏庸,
竟为虚无而抛弃你全部的美;
　因为我把这茫茫宇宙视为虚无,
　除了你这玫瑰;你是我的万物。

110

唉,不错,我一直在东奔西跑
并在众目睽睽之下扮花衣小丑,75

伤害自己的思想，贱卖出珍宝，
因结识新朋而一再地背弃旧友；
这千真万确，我曾经斜着眼睛
怀疑过真情；但是我凭天起誓，
这些旁骛给了我心另一次青春，
失败的尝试证明了我最该爱你。
一切都过去，请纳我爱意无限；
我绝不会再激发我的欲望之心
用新的考验去把一位故友试探，
一位囚禁着我爱心的恋爱之神。
　　那就请接纳我吧，我的第二天国，
　　纳我于你最纯洁最富于爱的心窝。

111

哦，请为我之故把命运谴责，
使我行为不端的正是那女神，
她没有为我安排体面的生活，
只让我凭哗众取宠赚钱谋生。
因此缘由我的名字蒙上耻辱，
而我的天性几乎也因此祸端
像染工的手一样被职业玷污。
所以可怜我吧，祝我能复原；
与此同时我会像温顺的病人
饮醋汁来祛除我身上的痼疾；
再苦的药我也不会觉得难饮，
为彻底痊愈我不怕加倍惩治。
　　可怜我吧，朋友，我向你担保
　　你的恻隐之心就足以把我治好。

112

请用你的爱和你的怜悯之心
抹去流言印在我额上的耻辱；

只要你识我优点并遮我丑行,
我干吗还在乎别人品头论足?
你就是我的世界,我得争取
从你的口中得知对我的褒贬;
世人于我皆亡而我于世已死,
唯你能使执拗的我或恶或善。
他人的毁誉我全当过耳秋风,
无论对吹毛求疵或奉承讨好
我都像聋聩的蝰蛇充耳不听。[77]
且听我如何解释我这般倨傲:
　　你是那么深深地扎根于我胸怀,
　　我想除了你这世界已不复存在。

113

与你分别后我的视觉移居心灵,
于是那引导我四处走动的器官
便多少成了盲眼,丧失了官能,
表面像在凝视,其实视而不见;
因为眼睛所看见的小鸟和鲜花,
其形态姿容都不能被传到心房。
心灵没法分享眼前生动的图画,
它自己的视觉又难留所见风光;
因即使它看见最俗最雅的景色、
最姣好的身影或最丑陋的面孔,
或高山大海白天黑夜乌鸦银鸽,
它也会将它们幻化成你的姿容。
　　因完全被你占据,无力分心旁骛,
　　我忠实的心灵就总使我视觉迷糊。

114

到底是这颗因你而得意的痴心
喝了帝王的迷魂药,谄媚阿附?

还是我该说我的视觉所言是真，
因为你的爱教给它这炼金神术，
结果使它把所看见的奇形怪状
都幻化成与你一般可爱的天使，
任何丑陋之物一碰上它的目光
都会立刻变成没有瑕疵的白璧？
哦，是前者，是我视觉的献媚，
而我自大的心威严地将其喝干。
我的视觉深知心灵喜欢的口味，
便投其所好将此杯凑到它跟前。
　　即或杯中有毒，视觉也罪不当诛，
　　因为是它先爱上并品尝杯中之物。

115

我以前写的那些诗章全是谎言，
就是那些我说爱你至甚的诗章，
可那时候我压根儿没理由预见
我炽热的情焰后来竟烧得更旺。
我当时只想到时间曾上百万次
毁掉海誓山盟，改易圣旨诰命，
蹂躏花容玉貌，挫折雄心壮志，
使钢铁意志也顺从万物的变更；
唉，既然我惧怕着时光的残暴，
既然我确信天道无常世事不定，
既然我怀疑未来，而只惜今朝，
我当时为何不能说已爱你至甚？
　　爱是个孩子；那我可否那样说话，[78]
　　好让还在发育的孩子能完全长大？

116

我不承认两颗真诚相爱的心
会有什么阻止其结合的障碍。[79]

那种见变就变的情不是真情,
那种顺风转舵的爱不是真爱。 ⁸⁰
哦!爱情是恒定的灯塔塔楼,
它面对狂风暴雨而岿然屹立;
爱情是指引迷航船只的星斗,
其方位可测但价值鲜为人知。
真正的爱并不是时间的玩物,
虽红唇朱颜难逃时间的镰刀;
爱并不因时辰短暂而有变故,
而是持之以恒直至天荒地老。
　倘若有人证明我这是异端邪说,
　那我未曾写过诗,也没人爱过。

117

这样指控我吧:说我薄幸忘恩,
而我本应该报答你的春晖雨露;
说我忘记了呼唤你的至爱深情,
而爱的责任本该天天把我约束;
说我常常结交素不相识的新欢,
辜负你珍贵的情义而虚度年华;
说我不管遇什么风都扬起篷帆,
顺风漂到你看不见的海角天涯。
请把我的任性和过失记录在册
并置于你证明猜疑的卷宗之上;
你尽可对我吹胡瞪眼皱眉蹙额,
但别让你仇恨的怒火把我烧伤;
　因我的申诉说我是努力要证实
　你对我的爱坚定不移忠贞不渝。

118

就像为了要增强自己的食欲,
我们常用辛辣调料刺激味觉;

就像为了要预防未知的痼疾，
我们常服恶心的药通便催泻；
正因饱尝你那品不够的甘甜，
我才不断变换口味自讨苦吃；
厌了健康觉得生病也可歆羡，
虽然还不到真需要生病之时。
于是为了预防不存在的疾苦，
爱的小聪明反酿出不治之症，
它让健康的体魄把苦药吞服，
想用恶来治疗沐浴善的身心。
　　但我因此而获得了真正的教训：
　　想医对你的相思病连药也毒人。

119

我曾喝下过多少塞壬的眼泪，[81]
那种像是从地狱渗出的污汁，
使我把希望与恐惧混作一堆，
以为自己在获得时却在失去！
我的心曾犯下多不幸的罪孽，
当它自认为最最幸福的时候！
我的双眼曾如何脱离其视野，[82]
当这种疯狂的热病使我烦忧！
但祸兮福所倚！如今我知道
有幸常因不幸而变得更有幸；
坍塌的爱之殿堂一旦被修好，[83]
会比当初更大更美并更坚韧。
　　所以受罚的我又归于心满意足
　　并因为罹祸而得到三倍的幸福。

120

你过去的负心如今倒对我有助，
因为我当时感受过的那种哀伤

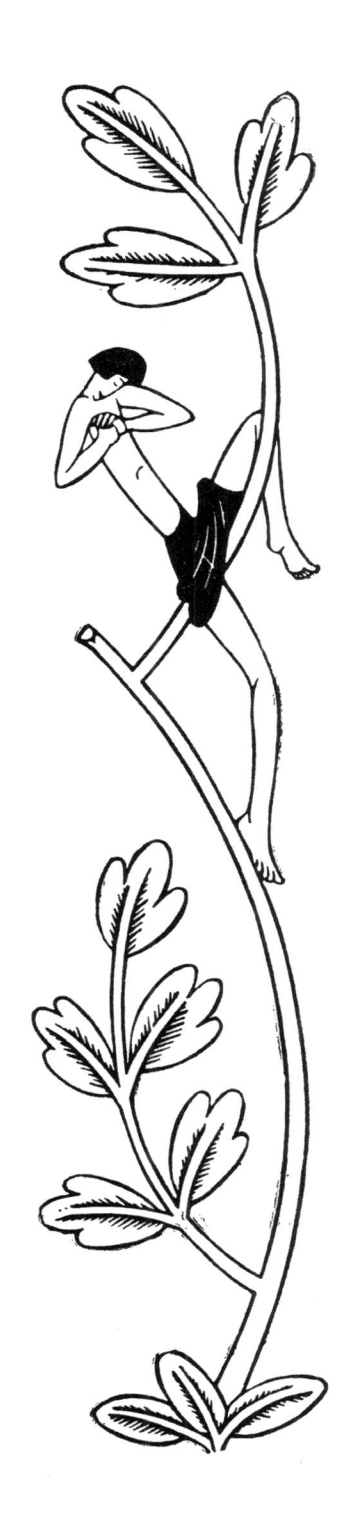

使我得为自己的罪孽承受重负,
除非我真是无情无义铁石心肠。
如果你现在也被我的负心震惊,
那你也经历着一次地狱的煎熬,
而我这个暴君却一直无暇权衡
你那次罪过曾带给我多少苦恼。
但愿我们的惨怛之夜使我记起
真正的悲哀如何令人肝肠寸断,
从而学你马上谦恭地送上歉意,
送上那种医治心灵创伤的药丹!
　　可你的负心现在成了一笔欠债,
　　我付了你的账,你也得还回来。

121

既然体面的行为被斥责为卑鄙,
既然断善恶凭偏见而不凭良心,
既然合法的欢娱已因此而失去,
那被人视为缺德不如干脆无行。
因别人有何理由用虚伪的媚眼
朝我追求欢乐的天性投来秋波?
缺德者有何理由窥视我的弱点
并任意把我认为的善说成邪恶?
不,我就是我,别人对我诽谤,[84]
只能说明他们自己的猥贱污秽。
尽管他们斜目歪眼我依然端方;
他们的俗念不配评判我的行为,
　　除非他们要坚持这种泛恶主义:[85]
　　世人皆恶,是邪恶统治着人世。

122

你送我那本手册已在我心头[86]
由永不磨灭的记忆全部填满,

记忆会比琐碎的字行更持久,
将超越所有时日,直至永远;
或至少可以说只要心还跳荡,
只要大脑还具有天生的能力,
只要它们还没有屈服于遗忘,
有关你的记录就绝不会丢失。
可怜的手册不可能这般有恒,
我也无须用符木刻下你的爱;[87]
所以我冒昧地放弃你的馈赠,
而把更能铭记你的手册信赖。[88]
  要借助他物才能够把你记住,
  这等于是说我对你也会疏忽。

123

时光哟,你不能夸口说我会变!
你用新的力量树立起的金字塔[89]
对我来说不足为奇,毫不新鲜,
它们只是重新装点的古景旧画。
我们的生命短暂,所以才赞慕
你偷梁换柱地塞给我们的旧货,
才把它们当作我们想望的天物,
而没想到这些东西我们早听说。
对你和你的记载我都嗤之以鼻,
对过去和现在我都不感到可惊,
因你所记和我们所见都是骗局,
几乎都是由你的飞驰匆匆造成。
  我立下此誓,此誓将永远应验:
  任你镰刀再快我的心也不会变。

124

如果我的爱不过是富贵的孩子,
它就该是命运的弃儿没有父亲,[90]

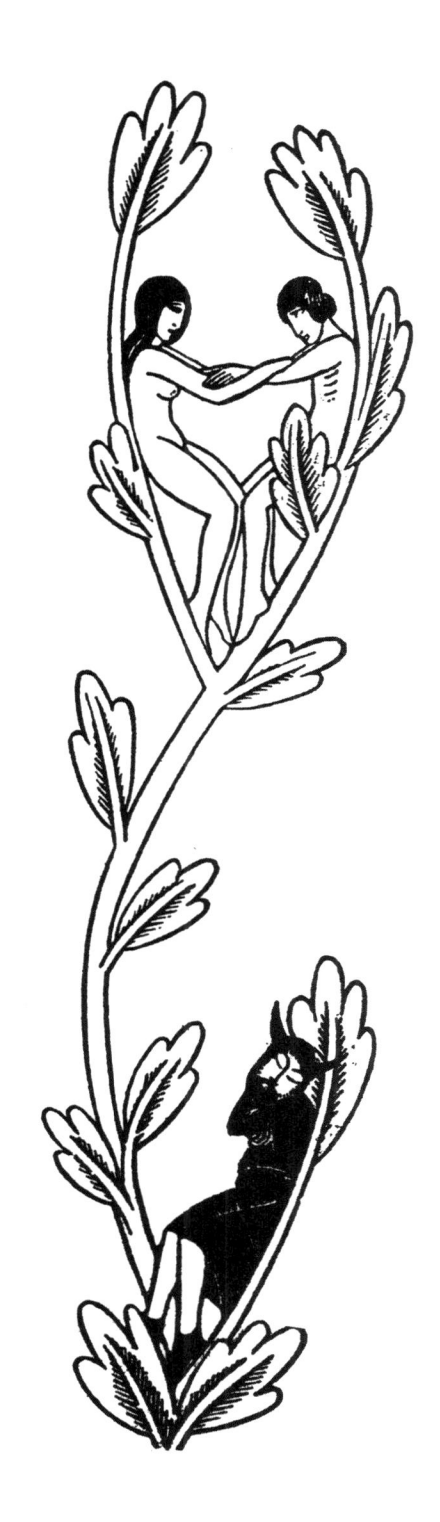

它就易被时间的好恶随意处置，
像闲花野草一样任人采割蹂躏。
不，此爱之确立绝非机缘影响，
它既不会因置身于浮华而衰退，
也不会因这盛世所认为的时尚
在忧郁愤懑的纠缠侵袭下枯萎。[91]
它不惧怕邪门歪道的权宜计谋，
权谋只能够暂时得逞遂愿摘果，
但它超然独立，自省近虑远忧，
所以它不随热长也不被雨淹没。
　　为证明这点我传唤时间的玩物，
　　那些一生造孽死乃善哉的鄙夫。

125

这于我何益，即使我擎着华盖
招摇过市为你的表面傅彩添光，
或投下大量资本替你扬名千载，
虽千载美名终难敌毁灭的力量？
难道我没见过威仪雅态的房客
付了高租却一无所获负债累累，
那些巴结权贵的可怜的贪利者
把钱财耗于膰祀却把素祭弃委？[92]
不，让我就在你心中奉上虔敬，
请收下这菲薄但无保留的祭礼，
它没有掺假，也不含杂念私心，
而是我为报恩而献给你的谢意。
　　快滚开，你这发假誓的伪证人！[93]
　　忠诚的心遭怀疑最不需你作证。

126

哦，你哟，我美丽而可爱的朋友，
你的确控制了时间的镰刀和沙漏；[94]

你因亏缺而越发丰盈并由此映出
你的爱友们在枯萎而你枝叶扶疏;
倘若自然,那位主宰衰朽的女王,
总是在把你迈向衰老的脚步阻挡,
那她的目的无非是想把手腕炫耀,
让时间出出丑,抹去些分分秒秒。
可自然的宠儿哟,对她你得当心,
她的宝贝可暂留但也不可能永存:
因她的欠账虽可延期但总得清算,
而要拿到收据她就必须把你归还。 95
　　(　　　　　　　)
　　(　　　　　　　　　) 96

127

黑色在过去并不被人视为娇媚, 97
即使它娇媚也没姓过美的姓氏;
但如今黑色成了美的嫡传后辈,
美反被污蔑为庶出,蒙受垢耻。
因自从世人僭取了自然的力量,
用涂脂抹粉的假颜来美化丑陋, 98
美就丧失了名誉和圣洁的闺房,
只能任人玷污,只能忍辱含羞。
所以我情人的眼睛乌鸦般漆黑,
眉额也黑不溜秋,像是哭丧人, 99
因为天生不美的人却不乏娇美,
他们用虚名在玷污自然的名声。
但眉眼如此伤心倒也楚楚可怜,
于是人人都说美看来就该这般。

128

我的音乐哟,每当你弹奏音乐,
每当你俯身于那些幸运的木键,

每当木键随你可爱的手指欢歌,
每当你弹奏出令我着迷的和弦,
我对轻跳的键就生出羡慕之心,
它们能亲吻你温柔的纤纤玉指,
而我本应该丰收的可怜的嘴唇
却赧然站你身旁看着它们放肆!
受到这般挑逗,我的嘴唇渴望
能与那些欢跳的木片交换处境,
因你的手指在木键上漫步徜徉,
使枯木比鲜活的嘴唇还更幸运。
　既然无礼的木键为此那么快活,
　请将手指给它们,把嘴唇给我。

129 [100]

殚精耗神于一片羞耻的荒野,
这便是纵欲宣淫在孽海情天;
为纵此欲不惜撒谎杀人嗜血,
背信弃义心狠手毒野蛮凶残;
偷情做爱未了又觉索然寡味,
追蜂逐蝶方休便又无端生厌,
食色犹如吞咽香喷喷的诱饵,
香饵本为使上钩者疯疯癫癫;
求也心醉神迷得也魂痴意狂,
一有再有还贪,欲壑终难填,
淫时销魂荡魄欲毕黯然神伤,
云前贪欢求爱雨后春梦虚幻。
　此情众所周知但无人顿悟豁亮,
　从而避开那诱人下地狱的天堂。

130

我情人的眼睛压根儿不像太阳,
她的朱唇也远远没有珊瑚红艳。

要说雪即白，那她的胸脯褐黄；
说发如金丝，她头发黑如铁线。
我见过锦缎般的玫瑰红白相宜，
但在她的脸上却难觅这种玫瑰；
有各种各样芯勃馨香沁人心脾，
与之相比她的呼息就毫无香味。
我爱听她说话，可我非常清楚
音乐声远比她的嗓音更加动听。
我承认我没见过女神飘然移步，
我情人走路倒是一步一个脚印。
　　但我对天起誓，我情人世上少有，
　　堪比那些被吹得天花乱坠的红袖。

131

你这副模样却也这般不近人情，
就像那些因美貌而骄横的姝丽，
只因你知道对我这颗痴迷的心
你乃世上最美丽最珍贵的宝石。
可实言相告，有见过你的人说
你的容貌还不至于令恋人叹赏，
我没有勇气公开说是他们弄错，
尽管我心中断定他们信口雌黄。
而我的断言当然不是没有根据，
因一想到你的脸我就喟然兴叹，
长叹短吁就接踵而来纷纷证实
你的黑在我看来就是明媚鲜艳。
　　你一点不黑，除了你专横跋扈，
　　我想那种污蔑因此才不胫而走。

132

我爱你的眼睛，它们似乎也怜我，
似乎也知道你的心对我不屑一顾，

所以才披上丧服做钟情的哭丧者,
用伤感同情的目光注视我的痛苦。
这千真万确,天上那灿烂的朝阳
使东方苍白的面孔显得美丽娇艳,
而那预示着夜将临的金星的光芒
也使清冷的西天看上去旖旎壮观,
可你的泪眼真正使你的容貌更俊。
哦,既然伤心能够使你更加妩媚,
那就让你的那颗心也来为我伤心,
就让它同样也披上丧服为我伤悲。
　　这样我就会发誓说美本来就是黑,
　　凡缺乏你这种黝黑者都丑陋猥獕。

133

你那使我心呻吟的心真是该死,
因为它深深伤害了我和我朋友!
难道折磨我一个人还不够惬意,
非得让我的朋友也沦为阶下囚?
你冷酷的眼睛早已经把我俘获,
如今又无情地把另一个我霸占。[101]
你和他以及我自己都抛弃了我,
于是我经受着三三九重的苦难。[102]
请把我心囚于你铁石般的心房,
让我不幸的心去把他的心保护,
无论谁囚我,让我心为他筑墙,
在我的狱中你就不能让他受苦。
　　可你仍会得逞;因我囚在你心里,
　　所以我心中的一切都必然属于你。

134

好吧,既然我已承认他属于你,
而我自己也抵押给了你的愿望,

那我愿失去我，让另一个自己
能使我永感欣慰地被你所释放。
可你不会放他，他也不想出牢，
因你贪得无厌而他又慷慨慈悲。
他签字画押本来只为替我担保，
结果那担保书把他也束缚在内。[103]
你这雁过也要拔毛的放债人哟，
你想索取你的美带给你的利润，
并对为我负债的朋友紧追不舍；
于是我失去他，因我背理违情。[104]
　　我已失去他，你把我俩双双占有；
　　他还了全部债，可我仍不得自由。

135 [105]

只要女人有所愿你就会有所欲，
且欲火难耐欲望难遂欲壑难填；
我虽然总是惹你烦恼招你生气，
却能遂你如此泛滥的甜美欲念。
欲壑这般宽宏这般幽深的你哟，
真不容我欲在你欲中躲上一遭？
难道别人所欲都那么恩多惠多，
而我的欲望却没有春晖来照耀？
大海弥弥滔滔依然容雨水汇进，
使它的万顷波涛更加浩浩汤汤；[106]
所以请多情的你再纳我一分情，
使你奔放的情欲更加恣意汪洋。
　　别让无情的不字令求爱者窒息，
　　视万欲为一欲，我乃其中之一。

136

如果你的心怪你让我靠得太近，
就对你无知的心说我乃你所欲，

而你的心知道欲在那里被承认,
所以请你为爱而满足我的爱意。
情欲会填满你珍藏爱情的宝库,
让它充满爱吧,包括我一分情。
一可被视为九牛一毛沧海一粟,
这在宽宏的巨仓里我们能证明。
那就容我混在总数中悄悄进来,
尽管你的库单上得填上我一个,
请小瞧我吧,这样会令你开怀,
因为渺不足道的我曾使你快活。
　请爱我的名字,并爱它一辈子,
　这样就是爱我,因为我名叫欲。[107]

137

又瞎又蠢的爱,你干了啥勾当,
使我的眼睛大睁着却视而不见?
它们明知美为何物,美在何方,
却把至丑至恶看成了至美至善。
如果说眼睛是因为被偏见歪曲,
才在那人人都停泊的海湾停靠,
那你为何用眼的虚妄把钩锻制,
把我心灵的判断力也一并钩牢?
我的心明知那地方是公共场所,
为何会把它当作一泓私人海湾?
我的眼睛看出了真相为何不说,
反用真美去粉饰那丑恶的嘴脸?
　因它们一直善恶不辨,美丑不分,
　如今才落下这场自欺欺人的热病。

138 [108]

每次我爱人发誓说她纤尘未染,
我都相信她,虽明知她在撒谎,

让她真以为我还是个无知少年，
尚不谙这世上各种骗人的勾当。
我这般愚蠢地假想她当我年轻，
其实她知道我已过了绮年韶华；
我天真地相信她那说谎的舌根，
双方就这样掩盖真情不讲真话。
可她为何不说她并非一清二白？
而我又为何不说我已岁长年尊？
哦，爱之美妙就在于表面信赖，
过来人谈情说爱都不爱提年龄。
  所以我欺骗她，而她也欺骗我，
  我俩就这样瞒着哄着同床共卧。

139

哦，你休想叫我饶恕你的罪过，
原谅你总令我伤心的无情无义。
用舌端伤害我吧，可别用秋波；
使劲儿伤害我吧，但勿施诡计。
心爱的，请告诉我你另有所爱，
可别在我跟前朝别人乱抛媚眼。
既然我无力抵挡你对我的伤害，
那你何必要耍诡诈机巧的手腕？
让我替你辩解吧：我爱人深知
她迷人的目光一直是我的克星，
所以她才把目光从我脸上移去，
好让它们射向他方去伤害别人。
  可别那样；因我伤重已行将就木，
  快用目光杀死我，解除我的痛苦。

140

你既然薄情寡义就该放聪明点，
别用鄙夷使我的沉默忍耐不住，

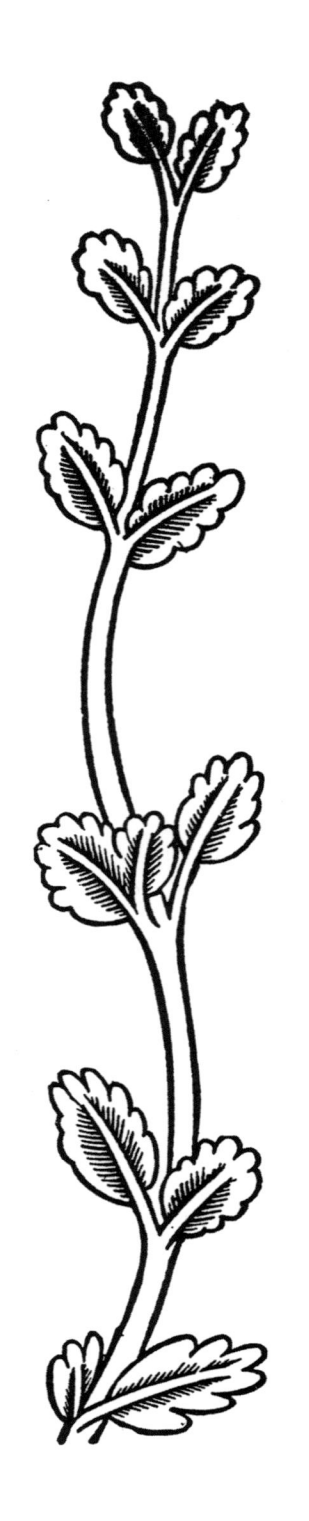

以免极度悲哀会赐我微词怨言，
抱怨我这种没有人怜悯的痛苦。
如果我真能够教给你这分聪明，
那你即便不爱我也最好说你爱，
像脾气暴躁的病人虽死期临近，
也只听见医生说康复指日可待；
因为我一旦绝望也许就会发疯，
而发疯时也许会对你进行中伤，
这混淆是非的世界已千疮百孔，
疯狂的耳朵会相信疯狂的诽谤。
　但愿我不发疯，你也不遭诋毁，
　请正眼看我，哪怕你春心高飞。

141

说实话，我的眼睛并不爱你，
因为它们见你有太多的缺陷；
但我的心偏偏喜欢眼睛所弃，
它不顾眼见为实而把你迷恋。
我的耳朵不爱听见你的嗓音，
敏感的触觉不喜欢你的抚摩，
味觉和嗅觉也不愿接受邀请
到你感官的华筵盛席上做客；
可无论是我的五官还是五智[109]
都没法阻止痴心来把你侍奉，
它擅自私奔离开了我的躯体，
沦为你那颗心的奴隶和侍从。
　至此我只能认为我因祸得福，
　因为她诱我犯罪乃让我受苦。[110]

142

爱是我的罪孽，恨乃你的德行，
你恨我之罪，以爱即罪为理由。

可你只消把我俩相比将心比心,
就会发现爱不能被证明为罪尤;
就算爱即罪,也不该由你裁决,
因你的嘴唇玷污过自己的红艳,
像我一样常盖印于虚伪的盟约,[111]
盗窃过别人付过租的床笫之欢。[112]
让我爱你跟你爱别人一样合法,
你向他人求爱就好比我恳求你;
让怜悯在你心中生根发芽开花,
你怜别人才值得别人怜香惜玉。
    若你只知贪求你自己吝啬之物,
    别人就会效法你对你弃之不顾。

143

瞧!像一个精明而焦虑的主妇[113]
急匆匆去追赶一只逃走的公鸡,[114]
她丢下自己的孩子而步履急速,
一心要撵上她本该等候的东西。
被她忽略的孩子则跟在她身后,
哭着喊着想要追上自己的母亲,
而她毫不理会孩子的哭喊哀求,
只顾追那可望而不可即的畜生。
你也在追那个离你而去的家伙,
而我就好比那孩子在追赶母亲,
但你若如愿以偿,请回头领我,
尽母亲的本分轻轻给我一个吻。
    如果你真肯回来止住我的哭啼,
    我将祈求神灵让你获得你所欲。[115]

144[116]

我有两个爱人令我绝望或欢娱,
他们像两个总在驱使我的精灵。

好精灵是一个美如天使的男子,
坏精灵是一个黑如魔鬼的女人。
魔鬼为了诱我尽快朝地狱下坠,
便把善良的天使从我身边引开,
她还想让他从圣徒堕落成魔鬼,
又以邪恶的倨傲诱惑他的清白;[117]
我的天使是否真的变成了恶魔,
对此我可以猜疑但还不能断定;
可他俩成了朋友又都离开了我,
所以我猜天使已进了地狱大门。
　　但真情我不得而知也永远猜不透,
　　除非魔鬼用地狱之火把天使撵走。

145 [118]

爱神亲手造的那两片嘴唇
冲着因思念她而憔悴的我
发出了"我恨"这个声音;
但是当她看见我伤心难过,
怜悯便从她心中挺身而出,
责怪她那一向甜蜜的舌端
没像习惯的那样宣布宽恕,
并教它如何重新做出宣判;
于是她马上改口增添字眼,
在"我恨"后又加上半句,
这半句犹如黑夜后的白天,
夜像魔鬼从天堂逃回地狱。
　　她摒弃了"我恨"中的恨意,
　　救命似的说"我恨的不是你"。

146

可怜的灵魂,我罪恶肉体之中央,
被你装饰的叛逆之躯束缚的奴隶,

你为何在里面忍饥挨饿肌瘦面黄,
却把这外壳粉饰得这般华美艳丽?
这寓所租期太短,而且摇摇欲坠,
那你干吗要为这破房子挥金如土?
难道你的租金不将由蛆虫来消费?
难道被蛆虫吞食不是肉体的归宿?
所以哟,用你肉体的损耗来度日,
让它消瘦憔悴,以增加你的给养;
用短促的时辰去换取永恒的租期,
让内心充实,别再虚有一副皮囊。
　　这样你就能吞噬吞食世人的死神,
　　而死神一死,死亡就再不会发生。

147

我的热恋就好像是一场热病,
它总渴望一种更长期的照料,
于是就偷吃维持病状的食品,
去满足那种古怪的病态需要。
为我治疗热病的医生是理智,
他怒于我未遵嘱使用其处方,
便撒手而去,结果绝望证实
医药所禁忌的欲望就是死亡。
既然理智撒手,此病不可医,
我便再无安宁并越来越痴癫;
我终日所思所言与疯子无异,
思则想入非非言则呓语连篇;
　　因为我曾说你艳丽并认为你美,
　　可你像地狱那样暗,夜一般黑。

148

天哪,爱赐给我的是什么眼力,
它们所见与真情实景大不一样!

如果说所见是真，理智在哪里，
它竟然把眼中的真实判为虚妄？
若我昏花的眼睛迷恋的是真美，
那世人都说并非如此又是何由？
若所见不美，那爱就明确意味
情人的眼睛不如常人的看得透。
何以至此？哦，爱眼怎会明晰，
它既要望眼欲穿又要泪眼汪汪？
所以我即便看花眼也不足为奇，
因太阳也须晴日方可明鉴八方。
　狡猾的爱哟，你用泪弄花我眼，
　唯恐明眼会发现你丑陋的缺陷。

149

狠心的，你怎么能说我不爱你，
既然我与你一道把我自己反对？
暴君哟，难道我没为你害相思，
既然我已完全忘记了自己是谁？
我可曾把你所恨者当作过朋友？ [123]
我可曾对你所厌恶者献过殷勤？
非但如此，只要你对我皱眉头，
我难道不马上伤心地自责自恨？
我身上还有什么可夸耀的优点，
以致那么骄傲竟不屑把你侍奉，
既然我的美德都崇拜你的缺陷，
对你眼睛一眨一闪都唯命是从？
　爱哟，恨我吧，我已猜透你心思；
　你爱的是明眼人，而我是个瞎子。

150

哦，你从哪里获得这巨大魅力，
无貌无德却能够把我的心支配，

使我把我忠实的目光称为骗子,
并断言白昼之美并非因为明媚?
你从何处学得变丑为美的伎俩,
以致你一举一动一颦一笑之间
都具有毋庸置疑的智慧和力量,
使你的极恶在我心中胜似至善? [124]
谁教你使我对你的爱愈演愈烈,
当我见我闻令我的恨与日俱增?
哦,虽我所爱被别人深恶痛绝,
你也不该与别人一道把我怨恨。
 既然不值得爱的你激起了我的爱,
 那么我就更加值得你的倾心青睐。

151

爱神尚年幼,不懂良知是什么, [125]
可谁不知晓良知是由爱心唤醒? [126]
所以温柔的骗子,请别刁难我,
以免我的罪孽把你的风流证明。 [127]
因为你一直在引诱我误入歧途,
我才把灵魂出卖给叛逆的肉体。
我灵魂说肉体会赢得爱的幸福,
可肉体不耐烦听灵魂继续阐释,
而是一听你的芳名就昂首挺胸,
说你就是它从情场赢得的奖赏。
它头脑膨胀竟甘愿当你的仆从,
日夜站在你身边或倒在你身旁。
 别认为我称她为爱是良知缺乏,
 为她真心地爱我不辞起伏上下。 [128]

152

你知道我因爱你而把誓言背弃,
可你发誓说爱我则是两番毁盟,

你的床头盟毁在床头交欢之时,
而新盟毁在新欢后的新恨之中。[129]
可对你两度毁盟我干吗要责怪,
既然我常发假誓,常自食其言?
我的誓言都是在为你颠倒黑白,
在你身上我丧失了正直与清廉。
因为我一直发誓说你温柔多情,
把你的爱心、诚实和忠贞虚夸,
为了替你增辉,我让眼睛失明,
或让它们发假誓,睁眼说瞎话。
　　因我说你美,善于作伪证的眼光
　　便不顾事实去证明我的弥天大谎![130]

153

丘比特放下他的火炬酣然睡去,
狄安娜的一名侍女便趁此机会[131]
飞快地把那枚点燃爱火的火炬
浸入了附近山谷中清冷的泉水;
清泉水从这团神圣的爱之火焰
获得了一股永远不冷却的热能,
从此变成了温泉,而直到今天
人们还觉得它能治愈各种怪病。
爱神又从我情人眼里点燃火炬,
为了试火他非得碰碰我的胸脯;
结果我不幸罹病,且烦躁悒郁,
便急急忙忙地赶往那温泉求助,
　　可医治无效,因能治我病的温泉
　　是重燃爱神火炬的我情人的双眼。

154

据说小爱神有一次睡得挺熟,
把点燃爱火的火炬放在身边,

这时一群要守身如玉的宁芙
正好从旁边经过，步履翩然；
最美的一位仙女偷取了火炬，
因它曾在无数心中把火点旺，
于是爱情的主宰在酣睡之时
被一只贞洁的手解除了武装。
仙女在附近的冷泉把火浸灭，
冷泉因爱火永远变成了温泉，
这温泉能治疗百病祛瘟除邪；
可当我被情人弄得神倒魂颠，
　去那温泉求治才证实这一真情：
　爱火能烧热水却不会被水浇冷。[132]

情 女 怨

A LOVER'S COMPLAINT

从一座小山，从毗邻溪谷，
一段哀伤的故事悠悠飘出，
心灵被回荡的哀怨声吸引，
我躺下身静听那悲怆的倾诉，
原来是位脸色苍白的姑娘
正一边掰断戒指一边撕情书，
满腔凄风苦雨，满面泪珠。

她头上戴着顶宽边草帽,
遮住了阳光,也掩住了容貌,
可细心人偶尔也能看出
她曾眉眼秀美,仪容姣好,
时间未刈尽其青春俏丽,
天怒也没毁尽其绮年曼妙,
风霜岁月难掩她昔日妖娆。

她不时将丝手绢凑到眼前,
手绢绣有精巧的文字图案,
文字图案已浸透了泪水,
泪如雨下皆因柔肠百转;
她反复咀嚼那文图的深意,
频频仰天呼号,低头悲叹,
含糊的嘟囔声也悱恻缠绵。

她忽而抬起双眼,凝眸仰视,
仿佛是举枪瞄准遥远的天体;
忽而收回其哀婉凄恻的目光,
目不转睛地凝望苍茫大地,
随即又放眼扫视眼前的一切,
万物历历在目,可皆为空虚,
迷蒙的双眼像她迷茫的思绪。

她头发未梳理,但也不蓬松,
显然她已无心妆扮其颜容;
几绺乱发从草帽内边垂下,
在苍白憔悴的脸颊旁飘动;
其余秀发依然被编成发辫,
由一根丝带随意地束拢,
虽不经意,也不散乱蓬蓬。

她从篮子里取出许多信物，
水晶、琥珀、美玉、珍珠，
此时她坐在湿漉漉的河畔，
一边抛撒珠宝一边恸哭；
仿佛要让泪水使河水漫溢，
就像君王不理饥贫的债户，
却把赏赐抛给富足的债主。

她又展开一封封折叠的情书，
一读三叹，撕碎后付诸东流；
砸碎一个个金镶玉铭文戒指，
挥手任其葬身于河底泥垢；
随后取出些鲜血写成的书信，
信都用丝线精心扎成细轴，
当初紧扎是以防私密泄漏。

血书入眼又勾起她多少伤悲，
又赚了她多少亲吻和眼泪！
"虚伪的血哟，你记录谎言，
无效的证据呈堂只能作废！
白纸黑字似乎也比你管用。"
说着她悲愤地把血书撕毁，
血书成碎片，姑娘心也碎。

一位牧牛的老人正在河旁，
他也曾少不更事，逍遥浪荡，
见识过都市宫廷的风流纷争，
深知情随事迁，人生无常；
此时他走向为情所困的少女，
凭着一把年岁他不避嫌猜，
要问问姑娘为何这样悲伤。

他拄着手中的拐杖缓缓坐下,
不近不远坐在那少女身旁;
坐定后他轻声向姑娘发问,
能不能把心中哀痛跟他讲讲?
看他这个老头儿有没有办法
减轻她如潮如涌的悲伤,
也宽慰一个老人的慈悲心肠?

"老伯哟,你瞧,"姑娘启口道,
"别看我精神萎靡,形容枯槁,
就以为我韶华已逝,青春已消,
我显老只因为饱受悲痛煎熬。
如果我以前知道自珍自爱,
不受诱惑投入别人的怀抱,
我今天还是可以绽放的花苞。

"可我真不幸!当我还年轻,
有个青年就想获我的爱心,
啊,他相貌堂堂,高大英俊,
姑娘们一见他都目不转睛。
追求归宿的爱都想进他家门,
谁要住进了他那漂亮的寓所,
谁就会成为童话中的仙女新人。

"他一头飘垂的棕发微微卷曲,
随着每一丝微风款款飘逸,
丝一般柔滑的发丝摩挲其嘴唇,
有什么好事他不能随心所欲?
每一双看他的眼睛都会着魔,
因为那张脸似乎会让人遐思
伊甸园所能见到的融融欢娱。

"他下巴上刚显出男人气息,
新冒出一层细茸茸的胡须,
像天鹅绒紧贴光洁的皮肤,
光洁的皮肤本来无需装饰,
可髭髯让那张脸更显英俊;
连爱慕者也困惑,颇费猜疑,
胡须之蓄留到底是利是弊。

"他个性展现一如其外貌,
说话轻言细语,不拐弯抹角;
可一旦被激怒他也会发飙,
变得像四五月间的雷霆风暴,
不过雷声虽大,雨点却小。
他那种年轻人特有的轻率
替虚伪披上了率真的外套。

"他擅长骑术,人们常议论:
'马在他胯下就特别精神,
由他驾驭就更显庄重高贵,
驰、跃、转、停都格外轻盈!'
而由此也引出了一场争论:
到底是骑术精湛才显马好,
还是马好才显骑手超群?

"但对此很快就有了说法:
一切都出自他的气质才华,
他身上衣装和胯下骏马,
华丽,高贵,都因为有他,
身外之物因他才更加美好,
额外装饰于他徒锦上添花,
是他让美服骏马更显高雅。

"他巧舌如簧，能言善辩，
各种观点和问题都挂在舌尖，
张口就能答，随口即可问，
他展示口才可不管黑夜白天。
常使欢者落泪，伤心者开颜，
凭着他那条三寸不烂之舌，
他可令三生颠倒，七情泛滥。

"所以他把众人的内心控制，
不管青年老年，或是男是女，
有人听从差遣，紧紧追随，
有人情深意切，暗暗相思，
他话未出口众人皆已赞同，
而且还继续揣摩他的心思，
随时曲意逢迎，拍马溜须。

"许多人设法弄到他的画像，
或挂在眼前，或贴在心上；
就像某个爱想入非非的痴人
在国外旅行看见田舍风光，
心里便把那田舍都划归己有，
并从这画饼感到无限满足，
比那田舍的主人还心情舒畅。

"有人连他的手也不曾触摸，
便美滋滋地以为是他的真爱。
不幸的我那时还能自立自主，
还能完完全全地自由自在，
可惑于他花言巧语，青春风流，
我把真情投入了他的胸怀，
结果只留空枝，花被他采摘。

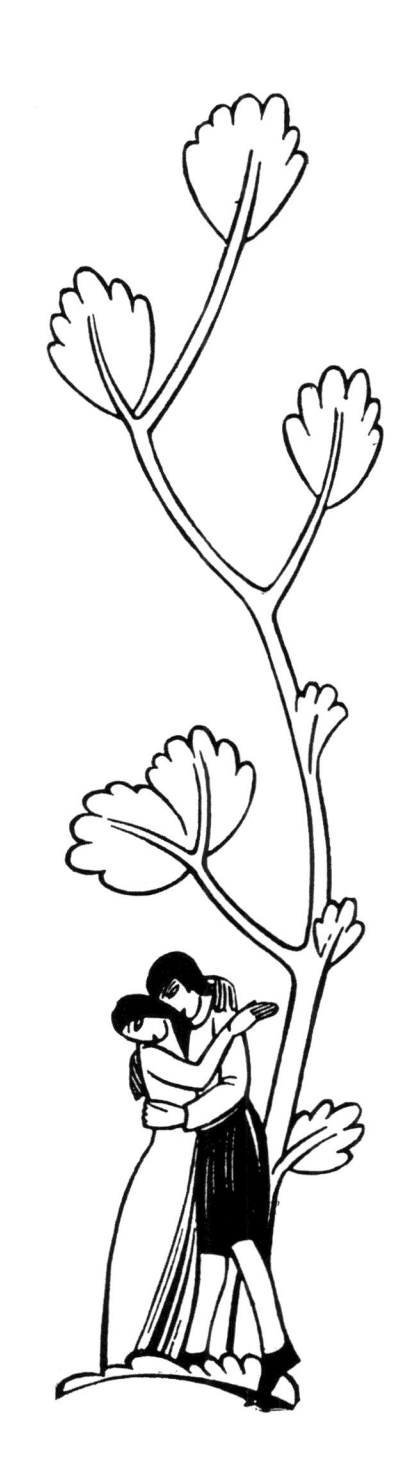

"不过我也不像有些女人,
向他索讨,或对他有求必应;
开始我也爱护自己的名声,
尽量避免与他过分亲近。
他多情所俘获的猎物的血迹
就像这枚赝品宝石的饰衬
作为鉴戒为我筑起卫城。

"可是哟,有谁因为前车之鉴
就躲过了命中注定的灾祸?
有谁能压抑追求幸福的欲望,
因前人翻车自己就勿蹈覆辙?
忠告劝阻只能缓一时冲动,
可人若发狂,任何规劝斥责
都只能使人的欲望更加自我。

"说什么不要再犯前人的过错,
说什么别尝那甜蜜蜜的禁果,
还说要提防裹着蜂蜜的毒药,
可忠言没法浇灭这熊熊欲火。
啊,欲望从不受理智束缚,
总想亲自试试自己的味觉,
哪怕理智哭喊那是灭顶之祸!

"我还能说说这个人的虚假,
我知晓他那套骗人的方法;
见过他如何用微笑掩饰欺骗,
听说他常在别人地头种庄稼,
我知道他发誓是为了引诱,
他的甜言蜜语不过是谎话,
是他心底开出的邪恶之花。

"正如此我才把城池坚守,
直到他开始围城,进攻城头:
'好姑娘,请可怜我激情难耐,
千万别害怕我神圣的追求。
我只对你才发这种山盟海誓,
因我虽多次应邀把欢宴享受,
但今天才首次发出合欢请求。

"'你知我外边那些风流罪孽
都是逢场作趣,非两心相悦;
彼此都不动情,更没有真心,
那不算做爱,只是性欲宣泄。
她们自寻其辱,终得其羞,
所以她们越是对我痛加谴责,
我就越是没有愧疚的感觉。

"'我看上的姑娘也着实不少,
可没谁用情让我爱火中烧,
没谁让我感情有一丝波动,
我从不内心忐忑,神魂颠倒。
我伤害她们自己却不受伤,
我俘获芳心自己心却逍遥,
像发号施令的君王心高气傲。

"'瞧瞧伤心人儿送我的礼物,
血红的宝石,苍白的珍珠;
象征着她们贡奉给我的感情——
忧伤和羞怯,一看就能领悟:
白代表忧伤,红象征羞辱,
表面的端庄,内心的惊恐,
令她们半推半就,欲掩还露。

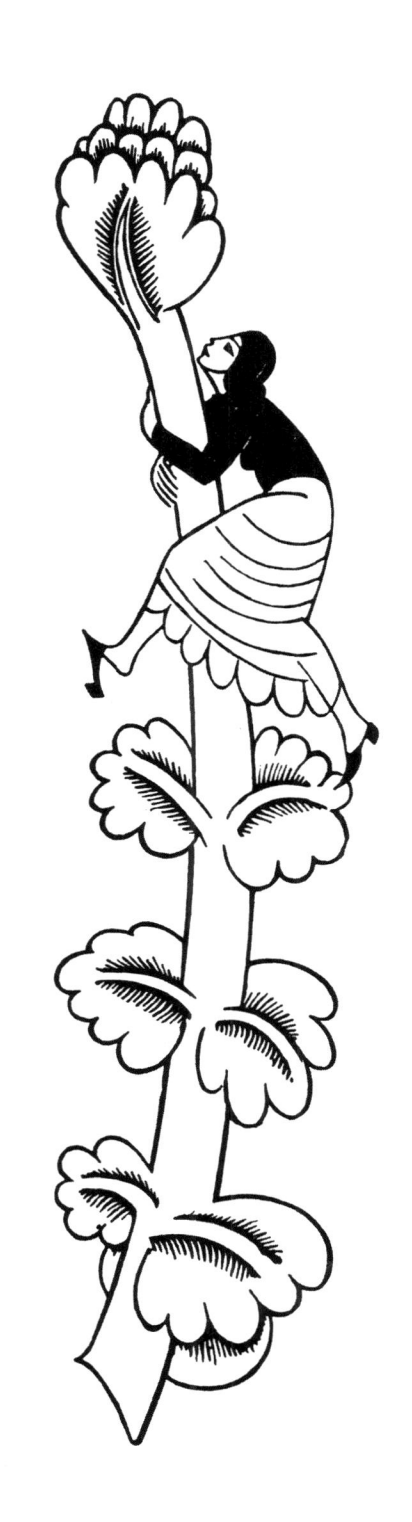

"'你再瞧瞧这一缕缕秀发,
妖娆地缠饰着银叶金花,
送我秀发的都是些漂亮女人,
她们都流着眼泪求我收下,
另外还送给我精美的宝石,
附有精心写就的诗文词话
详述每块宝石的质地售价。

"'钻石?哈,既坚硬又美丽,
美丽坚贞就是其内在的品质;
这深绿翡翠是多么鲜艳,
其夺目光彩可以矫正视力;
蓝宝石,蛋白石,绚丽多彩,
每块宝石都被极力吹嘘,
或引人发笑,或令人叹息。

"'瞧,这些烫手的爱情信物,
见证过忧伤、欲望和屈服,
可老天告诉我不能将其保留,
得把它们放置在该放之处——
就是给你,我的摇篮和坟墓;
这些珠宝都是献给的供品,
因为我是祭坛,你把我庇护。

"'哦,快伸出你的纤纤玉手,
你那白嫩得难以形容的玉手,
用你的热情使这些信物神圣,
让这些珍宝全部归你所有;
作为你的仆人我只听你吩咐,
为你清点这些零散的宝物,
将其分门别类,登记进账簿。

"'瞧，送我这纹章的是个女尼，
或一位献身上帝的圣洁修女，
当初她拒绝了宫廷子弟求婚，
她拥有人见人爱的天生丽质，
追求者都是有钱有势的贵族，
可她却冷眼相待，最后逃离，
要把余生之爱永远献给上帝。

"'可宝贝儿哟，那是何等悲苦，
抛弃应有的欢娱去侍奉天主，
囚身于爱神难以到达的地方，
戴着无形的枷锁念诵经书！
她费尽苦心守护她的名誉，
为避免受伤而躲开争风吃醋，
其勇气非抗争，而是远离世俗。

"'请原谅我在此据实吹牛！
是机缘巧合让我与她邂逅，
她的定力瞬间就被我征服，
一心想从修道院高飞远走；
狂热的爱战胜了戒律清规，
她当初幽居是怕被引诱，
如今却冒险要把欢爱尽收。

"'啊，请听我说，你浩瀚无垠！
我所拥有的那些破碎的心
都将其泉水倾入我这口深井，
现在我把井水注入你这片汪洋，
征服她们的我向你俯首称臣，
所以你已把我们全部征服，
愿全部的爱能感化你的无情。

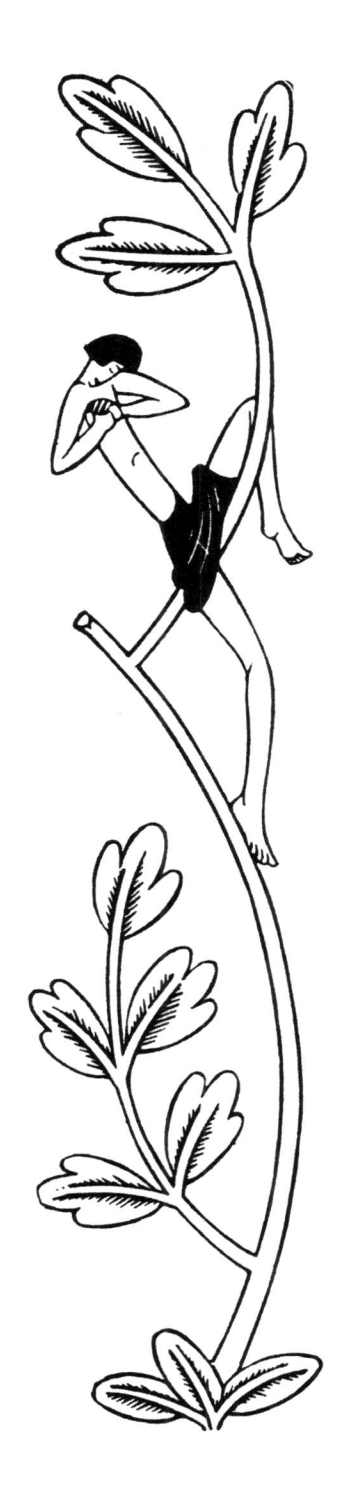

"'我有魅力打动圣洁的修女,
她可是端庄淑静,能自持自律,
但一见我她就相信她的眼睛,
什么誓约和弥撒都统统抛弃。
哦,可是对于你,我的最爱,
誓约和束缚全都无须考虑,
因为你就是一切,一切都归你。

"'你想要征用,那规则算什么?
不过是繁文缛节,陈规陋习;
你要想纵情,会有什么障碍?
管什么律法亲情、金钱名誉!
爱征服一切,包括理智廉耻。
爱能承受苦痛、恐惧和打击;
爱能把所有痛苦都变成甜蜜。

"'此刻信赖我心的颗颗芳心
都因感到我心碎而泣血悲叹,
都苦苦求你对我不要太狠,
别再无情地把我这颗心摧残,
请耐心倾听我美好的憧憬,
用你的灵魂来验证我的誓言,
这誓言日月可照,苍天可鉴。'

"他长篇大论时一直盯着我看,
说完这番话却垂下一双泪眼;
两条小河顺着他双颊流淌,
宛若一道飞流直下的水帘。
啊,那河岸的风光多么秀美!
水晶帘后的玫瑰多么红艳!
咸涩的泪水也掩不住俊美容颜。

"多么小一粒泪珠,老伯哟,
竟包含那么不可抗拒的诱惑!
而面对他那滚滚奔涌的泪河,
有什么铁石心肠不被冲破?
有什么古井死水不泛涟波?
报应啊!幽幽冰心,熊熊欲火,
既因此燃烧,也因此冷却。

"因为他的爱情不过是奸诈,
但却让我的理智化作泪花;
于是我脱下了贞节的白衣,
解除了警卫,也不再害怕;
我俩泪脸相对,泪眼相视,
但我俩的眼泪可是判若天涯,
他的泪害我,我的泪利他。

"他满肚子都是骗人的伎俩,
善于故弄玄虚,变换花样,
脸色忽而通红,忽而惨白,
为欲擒故纵还不时眼泪汪汪,
任何花招他都玩得神乎其技,
听粗话脸红,闻悲则哀伤,
目睹惨剧或昏厥或面色苍黄。

"每一个被他盯上的女人
都难逃出他那柄猎枪的射程,
他表面上装得温文尔雅,
以此来猎取他欲获的芳心。
他爱对他的猎物求全责备;
而当他欲火中烧,欲念旺盛,
却大赞清纯贞操、古井冰心。

"就这样仅凭一袭优雅外衣,
他掩盖了赤裸裸的恶魔本质,
天真烂漫的少女受骗上当,
以为他是头顶盘旋的天使。
哪个纯真的姑娘不想被人爱?
唉,我已堕落,但我问自己
再遇色狼恶魔我该如何处置。

"啊,他那两汪荡人心旌的泪水,
啊,他那两朵开在双颊的玫瑰,
啊,他心底发出的如雷怒吼,
啊,他胸中呼出的忧郁伤悲,
唉,这些亦幻亦真的虚伪表演
会让吃过亏的姑娘再次吃亏,
让悔过罪的少女重新犯罪。"

爱情追寻者

THE PASSIONATE PILGRIM

1

每次我爱人发誓说她青春烂漫,
   我都相信她, 虽明知她在撒谎,
让她真以为我还是个无知少年,
   不擅对付这世间各种骗人勾当。
我这般愚蠢地假想她当我年轻,

虽然我知道自己早过绮年韶华;
我微笑着相信她那说谎的舌根,
　用欢爱的不安忽视爱情的误差。
可她为何不说她并非带露含苞?
　而我又为何不说我已岁长年尊?
哦,爱之美妙就在于互相讨好,
　过来人谈情说爱都不爱提年龄。
　　既然靠谎言能掩盖彼此的过错,
　　我俩就这样瞒着哄着同床共卧。

2 [134]

我有两个爱人令我绝望或欢娱,
　他俩像两个总在驱使我的精灵。
好精灵是一个美如天使的男子,
　坏精灵是一个黑如魔鬼的女人。
魔鬼为诱惑我尽快朝地狱下坠,
　便把善良的天使从我身边引开,
她还想让他从圣徒堕落成魔鬼,
　又以邪恶的倨傲诱惑他的清白;[135]
我的天使是否真的变成了恶魔,
　对此我可以猜疑,但不能断定;
因他俩成了朋友,都离开了我,
　所以我猜天使已进了地狱大门。
　　但真情我不得而知也永远猜不透,
　　除非魔鬼用地狱之火把天使撵走。

3 [136]

难道不是你眼中的花言巧语,
　劝我的心作伪证,违背誓言?
世人难与你雄辩的双眸争执,
　因你而违背誓言就不该遭谴。
我抛弃的只是一个人间凡女,

可我却能证明你是天上神仙；
为天仙之爱而背弃凡尘盟誓，
　你的恩惠可洗刷我所有污点。
我的誓言是口中呼出的水雾，
　而你是普照人间的杲杲赤日，
蒸干这水雾吧，它为你呼出，
　我违背誓言可不是我的过失。
　　就算我错，可哪个傻瓜不愿
　　靠背信毁誓而赢得天堂乐园？

4

美艳的库忒瑞亚坐在小溪岸边，[137]
　身旁是挺可爱的美少年阿多尼，
她不断变换着媚眼挑逗那少年，
　她娇媚的秋波非凡尘姝丽可比。
她贴着他耳根讲着有趣的故事，
　她凑到他眼前卖弄着万般风情，
为讨他欢心她上下抚摸他身体，
　如此温柔地抚摸常能征服童贞。
可不知是他年少不懂男欢女爱，
　还是有意拒绝爱神的投怀送抱，
那条小鱼对香饵就是不理不睬，
　对她的搔首弄姿只会嗤嗤哂笑。
　　于是她横陈玉体，想束手就擒，
　　可傻男孩哟，却起身抬腿走人。

5[138]

假使爱叫我背誓，我怎能发誓去爱？
　若非对美人发誓，誓言怎么能恪守？
我对己言而无信，对你却披心坦怀；
　我犹铮铮橡树的心对你却依依如柳。
我就像学童逃学把你的眼睛当书读，

读书能获取的快乐全都在你的眼里。
如果求知是目的，知你就已经富足，
　　能为你吟诵赞美诗就算是博闻强识；
谁见你而不惊叹，肯定是天生愚顽；
　　我对你只有赞美、钦慕和顶礼膜拜；
你发怒时声如惊雷，目光恍若闪电，
　　静时如温暖的炉火，声音则像天籁。
　　　　你宛若天上女神，请恕我爱得莽撞，
　　　　竟想用凡尘的贫词拙句把女神颂扬。

6

太阳才刚刚把露水珠儿蒸发，
　　羊群才刚刚躲进阴凉的树林，
正为情所困的爱神库忒瑞亚
　　就眼巴巴地盼着阿多尼来临，
她在小河边一棵柳树下等待，
　　因为阿多尼常来这小河游泳。
天再热也热不过女神的情怀，
　　她心急火燎地搜寻他的身影。
他终于来了，还脱掉了披风，
　　赤身裸体地站在青翠的岸上；
太阳俯瞰着大地，目光炯炯，
　　可女神盯他的目光更为滚烫。
　　　　突然瞥见她，他一头扎进水里，
　　　　她悲叹："我为何不用水做身子？"

7

我爱人漂亮，但却波谲云诡，
　　温柔如鸽子，但多虚情假意，
比玻璃更亮，但也同样易碎，
　　比蜂蜡更软，但像铁易锈蚀；
　　宛若一朵百合花用红粉敷饰，

美艳甲天下，但虚假也无比。

她频频亲我的嘴，吻我的唇，
　　一亲一吻间说不尽山盟海誓！
她编造了许多谎言讨我欢心，
　　说怕我不爱她，会离她而去。
　　可在她那些听似清纯的话里，
　　浸泪的誓言也都是逢场作戏。

她的爱像干柴枯草一点就燃，
　　她像烧完柴草一样燃尽爱意；
她点燃爱火，但又熄灭火焰，
　　她想爱永恒，但又中途放弃。
　　她到底是为了爱情还是为淫荡？
　　倾城？花魁？但皆非国色天香。

8

如果甜美的诗歌与悦耳音乐
　　必须像亲兄妹之间那样热和，
那我俩之间的爱就必定和谐。
　　因为你爱音乐，而我爱诗歌。
你喜欢道兰，其天才的演奏[139]
　　令普天下人都听得如醉如痴；
我爱斯宾塞，爱他文采风流，[140]
　　其想象超凡绝伦无须我证实。
你最爱聆听阿波罗那柄竖琴
　　弹奏出悠扬婉转的天籁之声；
而我却最迷恋由阿波罗本人
　　把最最美妙的诗章亲口吟诵。
　　诗人想象这一尊神身兼二职，[141]
　　你一士爱二娇，也兼而得之。

9

美丽的爱神迎着美丽的晨霭
…… …… …… …… ……,[142]
悲伤使她的脸比其白鸽还白,[143]
　　这都怪阿多尼,那执拗少年;
她在一座陡峭小山顶上站立
　　见阿多尼携号角和猎犬现身;
此时爱神的担心压过了情欲,
　　告诫少年千万别去那片树林;
她说:"我曾目睹在灌木丛中
　　一位美少年被一头野猪咬伤,
伤在大腿,看着就叫人心痛!
　　瞧,深深的伤口就在这地方。"
　　　她边说边露出大腿让他看伤疤,
　　　他红着脸逃走,把她一人丢下。

10

艳丽的玫瑰被早摘,很快就萎蔫,
　　含苞娇花被攀折,春日里就凋零!
光彩夺目的珍珠哟,竟过早黯淡!
　　风华正茂的人儿哟,竟遭遇死神!
　　　就好像悬挂在枝头上的青青涩果,
　　　还不到成熟的季节就被狂风吹落。

我为你哭泣,却说不出到底为何;
　　难道就为你遗嘱中没给我留遗产?
可你给我留下的比我想要的还多,
　　因我对你的遗产本来就不存觊觎。
　　　哦,不,我的爱友,我求你宽恕,
　　　你实际上为我遗留下了你的悲苦。

11

爱神维纳斯坐在桃金娘树下,
　　开始向挨着她的阿多尼求欢,
她告诉少年战神曾如何追她,
　　少年躺下,她趁势扑向少年。
她说"战神就这样把我抱住"。
　　说着她把阿多尼拥进了怀里;
她说"就这样脱下我的衣服"。
　　仿佛那少年也懂得偷香窃玉;
"就这样用嘴唇堵住我舌头。"

说着她凑上樱唇把少年亲吻;
少年趁着她喘气跳起身逃走,
　　既不解其春心也不贪其欢情。
　　啊,多希望我情人也这般如意,
　　亲吻我,拥抱我,直到我离去!

12

乖僻的老年难与青春并岁共存：
　　青春充满欢乐，老年充满忧心；
青春似春日朝阳，老年像秋景；
　　青春如夏日，老年若冬日黄昏；
青春生机勃勃，老年暮气沉沉；
　　青春身手敏捷，老年腿脚迟钝；
青春热血奔流，老年体弱血冷；
　　青春豪迈狂放，老年枯燥沉闷；
啊，我厌恶老年，我礼赞青春！
　　哦，我的爱哟，我爱人正年轻！
我蔑视老年，所以哟，牧羊人，
　　快去吧，你已辜负了太多光阴。

13

美不过是一种虚无缥缈的东西，
　　不过是一片会倏然黯淡的光华，
不过是一块一敲就破碎的玻璃，
　　不过是一朵绽开就枯萎的娇花，
　　　　无论是理想、光华、玻璃或花卉，
　　　　都容易丢失，黯淡，破碎或枯萎。
像一旦丢失就很难找回的东西，
　　像一旦黯淡就很难擦亮的光华，
像一旦破碎就很难黏合的玻璃，
　　像一旦凋谢就零落成泥的娇花，
　　　　美一旦被玷污，就会永远失去，
　　　　修补、粉饰或搜寻都枉费心机。

14

晚安！睡好！哈！这我可无福消受！
　　她道这声晚安，却搅得我彻夜难眠；
打发我到这个窄小的房间面壁思忧，
　　对自己的霉运胡思乱想，提心吊胆。
　　　"明天再见，"她说，"请一路好走！"
　　　我脚下哪有好路，我已经吃尽苦头。

不过，她向我告别时的确嫣然一笑，
　　是嘲笑还是友好，这令我颇费思量，
那说不定是她对我背井离乡的讥嘲，
　　可也许她是想让我再去她那儿闲逛；
　　　"闲逛"这个阴郁的字眼还真像我，
　　　我已费尽心机，但迄今仍一无所获。

15

啊，我两眼是多么急迫地盯着东方！
　　啊，我的心谴责时钟走得磨磨蹭蹭！
清晨会让昏睡的感官全都离开梦乡，
　　可我已不敢贸然相信我眼睛的功能。
　　　夜莺栖枝头夜歌，我坐在床头聆听，
　　　我多希望夜莺的歌声变成云雀啼鸣。

因为云雀用她婉转的啼鸣迎接白天，
　　赶走那阴沉、凄凉、做噩梦的黑夜；
黑夜一被赶走，我就去和美人相见，
　　眼睛期待着秀色，心儿憧憬着欢悦；
　　　悲哀变成了欣慰，欣慰夹杂着悲哀，
　　　因为昨晚她是叹着气说："明天再来。"

若与她共度良宵，只会情人恨夜短，

可现在非要六十分钟才凑够一小时；
时间也与我作对，这真是度时如年，
　　若非为了折磨我，太阳早照耀花枝！
　　快滚吧，黑夜，我向你讨借点时光，
　　短一点吧，今宵，到天亮后再延长。

16

名门闺秀三朵花，数她最漂亮，
她暗恋家庭教师，这实属正常，
直到看见个英国佬，英俊大方，
　　姑娘禁不住心旌荡漾。
姑娘为此千般踌躇，万般犹豫，
或爱堂堂骑士，或爱家庭教师，
较短论长都难取舍，这道难题
　　难住了可怜的少女！
总得舍弃一个，这真令人惙怛，
一个姑娘不能同时披两袭婚纱，
最后是骑士伤心，殷勤全白搭，
　　唉，她也没有办法！
学识与武功竞争，终有了结果，
塾师获胜，赢得了姑娘的认可；
才子获佳人欢心，玉郎配娇娥，
　　到此我也唱完这曲短歌。

17[144]

有一天哟，唉，那一天！
爱的月份永远是五月天，
　　我看见一朵鲜花多娇艳，
　　迎着轻浮的暖风花招展；
　　暖风儿悄悄寻得通幽径，
　　偷偷钻进了绿叶花蕊间；
看得那多情人心头痒，

恨不得也化风往里钻。
　　他说："风儿能摸你的脸，
　　我也能够搂着你舞翩跹！
　　　可是哟，我已发过誓言，
　　　不能从你的枝头把花攀；
唉，少年谁不想攀花，
诅咒发誓不适宜少年。
　　　为你朱庇特也会发誓，[145]
　　　甚至说朱诺丑陋不堪；[146]
　　　他甚至可以不当天神，
　　　为了爱你而甘愿下凡。"

18

羊儿不再吃草，
　母羊不再产羔，
　　公羊不再发情，
　　　事情都一团糟；
因为爱情已消失，
　因为信念已动摇，
　　因为心儿在冷却，
　　　所以事情一团糟。
我所有的欢快舞曲都被遗忘，
姑娘不再爱我哟，上帝知晓；
　她曾爱意绵绵，信誓旦旦，
　今背誓绝情却用斩麻快刀。
一句愚蠢的谎言
造成我所有烦恼；
　　唉，命运女神不再把我关照！
如今我才明白，
要说多变轻佻，
　女人的手段远比男人高超。

我伤心痛苦，
　　但不怕罹祸，
　　　　爱把我抛弃，
　　　　　　给我戴上枷锁；
心儿在流血，
　　希望全破灭，
　　　　苦难人生哟，
　　　　　　充满了折磨。
我悠扬的牧笛早已经沉寂，
不再有铃铛声伴我的牧歌；
　　爱嬉戏的牧犬也不再撒欢，
　　低声吠叫似乎在担心什么；
深深悲叹，
如泣如歌，
　　　　仿佛在见证我的悲哀落寞。
悲叹声飘向
荒凉的远方，
　　　　像千军万马在血战中殒殁！

清泉不再涌流，
　　鸟儿不再啁啾，
　　　　不会再有红花
　　　　　　开在翠绿枝头；
羊儿都沉睡，
　　牧人泪水流，
　　　　仙女都藏身，
　　　　　　怯怯然回眸：
看昔日乡村欢乐不复存在，
看草原上的约会也不再有，
　　　　看黄昏聚会已离我们而去，
　　　　　看爱情已湮灭，化为乌有。
再见吧，姑娘，

没什么像你
　　　既是我的欢乐，也是我的悲愁，
可怜的牧童
只能永远孤独，
　　　我看谁也没法再向他伸出援手。

19 [147]

要是你眼睛盯上了某位姑娘，
　　想把看上的这头鹿赶进栏里，
你最好让理智帮你斟酌掂量，
　　同时让想象也发挥一点威力；
　　　你还需要向某个聪明人咨询，
　　　此人不能太年轻，不能未婚。

当你开始向她吐露你的心思，
　　千万别油嘴滑舌，油腔滑调，
别让她嗅出任何诡诈的气息——
　　瘸腿可最容易发现别人跛脚——
　　　你只消直言你如何如何爱她，
　　　再把她相貌人品都多多夸夸。

你必须千方百计讨她的欢心，
　　不要怕花钱，而花钱的关键
就是要让你慷慨大方的美名
　　时时刻刻都回荡在她的耳边；
　　　要知道再坚固的堡垒或城池
　　　也难以抵挡黄金炮弹的攻击。

你必须随时显出自信而真诚，
　　向她求爱时更要殷勤加谦卑；
只要那姑娘不对你怀有二心，
　　你就没必要忙着去另攀花蕾。

发现有机可趁就千万别迟疑，
哪怕她推三阻四你也要坚持。

别管她皱眉蹙额，翘鼻噘嘴，
　等不到天黑她又会满脸春色；
那时她会因辜负良辰而后悔，
　悔不该掩饰自己的满心欢悦；
　　天亮前你得让她有两度享受，
　　不然她会心怀鄙屑与你分手。

别听她又叫又骂，嘴上说不，
　别管她挥臂蹬腿，用力挣揣，
到头来她会娇弱无力地认输，
　顺从后还会耍心机向你表白：
　　"要是女人像男人般身强力壮，
　　你要占我的便宜是痴心妄想。"

女人们爱耍的那套花样技巧，
　通常都披着清纯可爱的外衣，
她们心里头包藏的诡计花招，
　你与其同床共卧也不得而知。
　　难道你真就没听人常常在说
　　女人说"不"并不意味什么？[148]

要知道女人与男人勾心斗角，
　都是想犯罪，而非要当圣人；
妙龄女心中不会有天国神庙，
　人老珠黄时才愿去吃斋诵经。
　　若床笫之欢仅限于拥抱接吻，
　　那女人倒不如去找女人结婚。

不过，嘘！我已经说得够多，

我担心我情人听见这支小曲，
她可会扇我耳光，把我斥责，
　　责备我舌头太长，胡言乱语；
　　　　但若知她的秘密被如此泄露，
　　我敢说她自己也会脸红害羞。

20

与我相伴吧，做我的爱人，
　　让我们共享这悦人的美景：
　　　　小山、溪谷、深峡、田野，
　　　　　　还有嵯峨岩峣的高峰峻岭。
我俩可并肩坐在岩石上面，
　　看牧童在草地上牧放羊群，
　　　　或是坐在清溪或飞瀑旁边，
　　　　　　聆听小鸟婉转悦耳的歌声。
我要用玫瑰花瓣为你铺床，
　　床边要用一千束香花扎成，
　　　　用鲜花为你编织头冠衣裳，
　　　　　　再用桃金娘绿叶绣上饰衬。
做腰带就用麦草和常春藤，
　　纽扣则用珊瑚和琥珀制成，
　　　　要是这些乐趣能让你动心，
　　　　　　那就来吧，来做我的情人。

情人回答：
如果这世界和爱都还年轻，
　　如果牧童的话句句是真情，
　　　　那么这些乐趣会令我动心，
　　　　　　我会伴随你，做你的情人。

21

故事恰逢在那么一天,
在欣欣融融的五月间,
　我坐在一片山桃林里,
　其树荫令人清心惬意,
　　百兽欢跃,百鸟啼鸣,
　　万木扶疏,花草萋萋;
世间万物都心花怒放,
唯有夜莺在独自悲伤:
　可怜的鸟儿惨遭遗弃,
　此时胸脯仍靠着荆棘,
　　她声声哀鸣如泣如诉,
　　闻者莫不怜悯其悲苦。
她先鸣三声:"去去去!"
随后又呼叫"忒柔斯",[149]
　听她的哀鸣如此凄凉,
　我也禁不住悲泪盈眶;
　　因为她讲的伤心故事
　　令我想到自己的遭遇。

唉,何苦呢?我心想:
没人会在乎你的悲怆!
　无知草木不会倾听你,
　无情野兽不会安慰你;
　　潘狄翁王早已经登遐,[150]
　　你的亲友都埋在地下;
其他的鸟儿都在欢唱,
谁也不理会你的哀伤。
　可怜的鸟,我的不幸
　和你一样也没人同情。
　　命运女神展露过笑脸,

而你我都曾被她欺骗。
盛时有人媚在你左右，
患难时却不再有朋友。
　甜话好说，像风吹过，
　知心朋友却真是不多；
　　如果你能够日进斗金，
　　谁都想当你的哥儿们；
可一旦当你千金散尽，
人家见你就形同路人。
　如果真有人挥金如土，
　他们会夸他慷慨大度，
　　甚至有人会这样捧场：
　　"只可惜他没当上国王。"
如果那家伙想干坏事，
他们会催他切莫迟疑；
　要是他喜欢问柳寻花，
　他们会为他牵线作伐；
　　但要是命运让他倒霉，
　　他们对他就不再恭维；
当初对他是百般讨好，
如今却与他分道扬镳。
　朋友应该能祸福同享，
　需要时能够互济相帮；
　　你若伤心他也会流泪，
　　你若失眠他也难入睡；
你心中若有任何烦忧，
他都会与你一同承受。
　明白这些你就能分清
　谁是益友或谁是敌人。

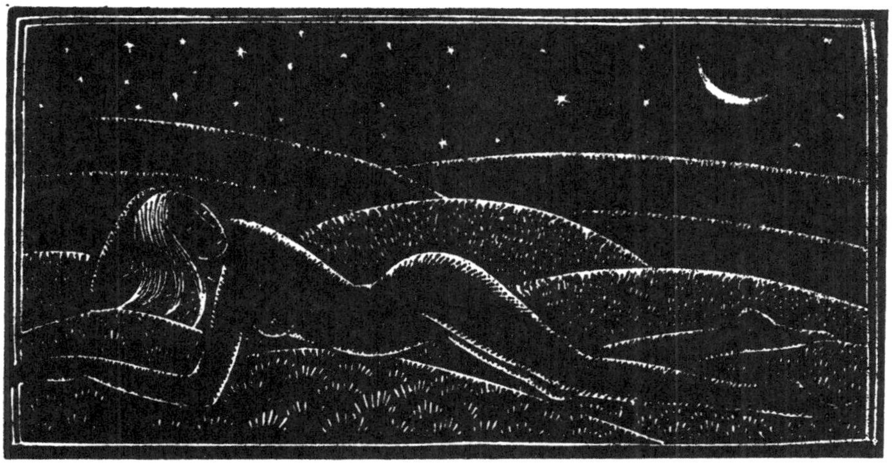

注释

1 此题记引自奥维德《恋歌》（*Amores*）第 1 卷第 15 首第 35—36 行，原文为拉丁文。皇家版英译文为：Let the rabble admire worthless things, / May golden Apollo supply me with cups full of water from the Castalian spring；河滨版采用的是马洛（Marlowe）译文：Let base-conceited wits admire vile things, / Fair Phoebus lead me to the Muses' springs（让凡夫俗子去赞美敝屣秕糠，愿阿波罗引我至缪斯之圣泉）。

2 在最初的神话传说中，太阳神乃黎明女神厄俄斯的兄弟赫利俄斯，公元 5 世纪后，赫利俄斯才逐渐与阿波罗混为一体；厄俄斯之子门农在特洛伊城下死于阿喀琉斯之手，厄俄斯常常为此哭泣，纷纷落地的眼泪即为清晨的露珠。

3 据希腊罗马神话传说，有一天维纳斯和她的儿子丘比特嬉戏时被他的金箭划伤，伤愈前她第一眼看见的就是美少年阿多尼，于是爱神为他坠入爱河。

4 宁芙乃希腊神话中居于山林水泽之众仙女。

5 古代西方哲学中认为风、火、水、土是构成一切的四大元素，风与火轻灵，水与土重浊。另参阅本书《十四行诗》第 44 首第 10—14 行、第 45 首第 1—8 行。

6 传说维纳斯乘坐的四轮车由一对白色的鸽子（或天鹅）牵曳。

7 那耳喀索斯乃希腊神话中之美少年，他面对水中自己的倒影顾影自恋，相思而亡，死后化为水仙花。

8 据希腊神话传说，阿波罗每天驾载着太阳的金马车由东向西驶过天空。

9 据神话传说，阿多尼的母亲乃塞浦路斯岛国王喀倪剌斯（Cinyras）的女儿密耳拉（Myrrha），她只爱自己的父亲，并在乳母的帮助下与其父同床十二夜。父亲发现这秘密后要追杀她，她向神祇求救，被神变成没药树，阿多尼即在树干中孕育并从中降生。另参阅奥维德《变形记》第 10 章第 298—518 行。

10　英文"鹿"(deer)和"亲爱的"(dear)发音相同,此类双关语在本诗中使用较频繁,中译文难以传达其妙。

11　指丘比特。

12　这里可能暗指擅长画马的希腊画师尼孔(Nicon)。

13　诗人在此把阿多尼的嘴唇比作消毒用的香草。在伊丽莎白时代,人们习惯把芸香或其他香草撒在室内以防止传染瘟疫。

14　指1592年4月至1594年春天流行于伦敦的那场瘟疫,莎学家们把这两行诗作为确定《维纳斯与阿多尼》创作年代的一条线索。

15　"人间的安慰者"指太阳。参阅本书第28页倒数第2节第3—4行。

16　据希腊神话传说,坦塔罗斯乃宙斯之子,他因触怒众神而被罚入地狱受饥渴之苦,他身子浸在水中,头顶上悬着鲜果,但他欲饮水则水退,欲食果则果离。

17　据传古希腊画家宙克西斯(Zeuxis)画技高超,所绘葡萄曾引来群鸟争食。

18　马洛(Christopher Marlowe,1564—1593)有诗云:"黑夜是丘比特的白天。"(Dark night is Cupid's day.)

19　据神话传说,狄安娜不仅是月神、猎神,还是发誓要守身如玉的处女神,她唯一的一次有失检点就是曾悄悄爱上美少年恩底弥翁(Endymion),并趁他熟睡时偷偷吻他。

20　维斯塔乃罗马神话中的女灶神,维斯塔贞女是侍奉维斯塔神庙的女祭司,她们自幼从豪门望族中被选入神庙,侍奉灶神5—30年不等,其间必须遵守誓言保持贞节,否则将被活埋;另,西方的修女侍奉上帝是为了让自己的灵魂得到拯救,故曰"自爱"。

21　以上两行暗引《圣经·新约·马太福音》第25章第14—30节中耶稣所讲的一则寓言;在该寓言中,主人把钱财分给三名仆人,其中二人用钱赚钱受到奖赏,另一人因把钱埋入地下不加利用而受到惩罚。

22　本行和第26页倒数第2节第3行中的"美人鱼"均指塞壬,用歌声诱惑航海者的海妖塞壬通常被艺术家绘成半人半鸟状,但偶尔也被绘成半人半鱼状。

23　参见第9条注释。

24　"死荫"原文shadow出自《圣经·旧约·诗篇》第23篇第4节:...though I walk through the valley of the shadow of death, I will fear no evils: for thou art with me（虽然我穿行于死荫之幽谷，但我不怕罹祸，因为你与我同在；你会用牧杖引我，用权杖护我）。

25　诱物（lure）指表面贴有羽毛、形同禽鸟的生肉块，猎人以此来召回猎鹰。

26　以上两行之描写是伊丽莎白时代人们对地震的解释。

27　比较《亨利六世下篇》第2幕第1场第25行："是我眼花了吗，我怎么看见有三个太阳？"（Dazzle mine eyes, or do I see three suns?）

28　"时间的奇观"指阿多尼，参见本书第11页第2节第1行中的"造化之奇观"。

29　据神话传说和奥维德《变形记》记述，阿多尼变成的花名叫银莲花（anemone），俗称风花（windflower）。

30　帕福斯城乃塞浦路斯西南部一古城。据神话传说，维纳斯诞生于大海的浪花之后，最初是被西风吹到那里的，故维纳斯又称帕福斯女神。

31　"T. T."是出版人Thomas Thorpe（托马斯·索普）的姓名缩写。"W. H."很可能是"W. S."的印刷错误，而W. S.是William Shakespeare（威廉·莎士比亚）的姓名缩写，故献辞中的"W. H. 先生"实际上是指"威廉·莎士比亚先生"。"好心而冒昧"之说恐暗示托马斯·索普出版这个诗集并未获得"本集十四行诗之唯一作者"莎士比亚的授权。

32　第3—8行暗引《圣经·新约·马太福音》第25章第14—30节中论才行赏的寓言。参见第21条注释。

33　参阅《威尼斯商人》第4幕第1场第374—377行夏洛克语："你们夺去我赖以生存的本利，就是活活要我的命。"

34　此处"美丽的寓所"系指肉体，即灵魂之寓所。

35　"接枝"原文为engraft，此英文字之希腊词语根graphein（γραπηειν）意为"书写"，末行双关寓意由此而生。

36　参见第24条注释。

37　莎士比亚让传说中的不死鸟死掉，又见于他的短诗《让歌声最亮的鸟儿歌唱》。

38　诗人似乎视"镀金"为一种恶习。请参见第88页第55首第1行和第112页第101首第11行。

39　英文perspective（透视）一词之拉丁词根perspicere之本意为"看穿"，故有下文。

40　莎学家们将此诗视为《十四行诗》前25首之跋、后5首之序，并注意到此诗的语气和措辞与《鲁克丽丝受辱记》之献辞相似。

41　此行语出《圣经·新约·马太福音》第 10 章第 38 节，"不背负其十字架跟随我者，不配做我的门徒"。

42　参阅第 5 条注释。

43　泪属水，泪中之盐属土，故有此说。

44　古代西方人认为忧郁（melancholy）产生于黑胆汁（black bile），与水土二元素有涉。

45　此行原文各版本措辞不同，并有多解，但大多认为"肉体"指诗人的马。

46　参阅第 5 条注释。另，毕达哥拉斯学派认为除风、火、水、土之外还有一种宇宙元素，即第五元素。

47　参阅第 3 条注释。莎士比亚据此传说写出长诗《维纳斯与阿多尼》。

48　海伦是希腊神话中的天下第一美女，因她被特洛伊王子帕里斯（Paris）诱拐而引起特洛伊战争。

49　若与《十四行诗》第 35、40、41、42 首等对照，此行似有反讽之意味。

50　基督教称上帝将于世界末日审判所有死去的和当时仍活着的世人，以分出善恶。

51　《圣经·旧约·传道书》第 1 章第 9 节云："已有之事，后必再有。已行之事，后必再行。日光之下并无新事。"

52　古人曾有天道 600 年一循环之说。英文 100(hundred) 在古北欧语中意为 120(six score)，故此行所指时间乃诗人心目中的 600 年前，即当时的星座位形上一次出现之时。

53　"晦食"指上文的命星被遮掩，而非指日食。

54　伊丽莎白时代的妇女有戴金色假发的风气，而假发常用死者的金发做成。参阅《威尼斯商人》第 3 幕第 2 场第 73—103 行。

55　"无情的拘役"喻死神的召唤。参见《哈姆雷特》第 5 幕第 2 场第 336—337 行。

56　《圣经·旧约·传道书》第 12 章第 7 节云："尘土将回归其来自的尘土，而灵魂则回归赋予灵魂的上帝。"

57　剑桥大学教授、莎学专家克里根（John Kerrigan, 1956— ）认为此行暗讽当时的时髦诗人马斯顿（John Marston, 1575—1634）和约瑟夫·霍尔（Joseph Hall, 1574—1656）。

58 莎学家们多认为此诗是连同一个作为礼物的笔记本一道由诗人献给其朋友的。参见第 122 页第 122 首。

59 "陌生鹅管"指别的诗人。参见第 60 条注释。

60 莎学家们认为，第 78—86 首中提到的这位与莎翁争宠的诗人可能是马洛、琼森或查普曼。若把后者作为这个假想的"诗敌"，本首中的晦涩之处可解如下：第 1 行喻查普曼翻译的《伊利亚特》前 7 卷出版（1598）；第 5—8 行暗涉他翻译古希腊典籍的工作和对古典诗人的借鉴；"幽灵"等语指荷马；两次对夜的提及与查普曼《夜魂》（*The Shadow of Night*, 1594）一诗之题记"诗可拥有少许夜色"（Versus mei habebunt aliquantum noctis.）相吻合。

61 英谚曰：狂风之夜预示清朗之晨（A blustering night presages a fair morn.）。

62 指希波克拉底划分的人的四种气质：多血质、黏液质、胆汁质和抑郁质。

63 《圣经·旧约·创世记》第 3 章记载，夏娃被蛇引诱，携亚当偷吃了伊甸园禁树上的苹果。莎士比亚在《威尼斯商人》第 1 幕第 3 场第 90—92 行（河滨版为第 98—100 行）亦将外表堂皇的伪君子比喻为"外表光鲜的烂心苹果"（A goodly apple rotten at the heart.）。

64 土星在西方人心目中象征沉闷和忧郁。

65 "夏天的故事"喻欢乐的故事。比较《冬天的故事》第 1 幕第 1 场第 25 行"冬天最好讲悲哀的故事"。

66 此诗多出一行（共 15 行）。

67 参阅《维纳斯与阿多尼》第 1165—1170 行（见本书第 54 页最后一节）。

68 夜莺啼声哀戚之说源于希腊神话中菲洛墨拉（Philomela）受辱后变夜莺的故事。详见第 149 条注释。

69 《圣经·旧约·利未记》第 19 章第 4 节中耶和华让摩西晓谕世人："勿弃我而崇拜偶像，勿铸神像并膜拜之，我乃耶和华你们的神。"

70 《荣耀颂》（*Gloria Patri*）歌词曰："无论过去、现在和将来，荣耀都归于圣父、圣子和圣灵。"

71 此诗隐隐涉及一些史实：伊丽莎白一世驾崩，詹姆斯一世即位后结束了国内纷争并与西班牙媾和，卜测女王死后会天下大乱的预言没有应验。

72 "缄口噤声的人"喻生前未著诗文、死后被人遗忘的芸芸众生。

73 语出《圣经·新约·马太福音》第6章第9节:"我们的在天之父,愿世人都尊崇你的圣名。"

74 "带水来洗涤污点",此处的"水"喻眼泪。

75 莎学家们认为此行和第111首第4行均指莎翁的优伶生涯。

76 在莎士比亚时代,醋既用于治病,又被染色工用来洗手。

77 此行语出《圣经·旧约·诗篇》第58篇第4—5节:"他们像聋聩的蝮蛇,对耍蛇人的声音充耳不闻。"

78 爱神丘比特之形象乃一长着金翅膀的孩子。

79 在西方的结婚仪式上,主持仪式的牧师会分别对新郎新娘和参加婚礼的宾客说两段话。一曰(对新郎新娘):"最后审判日到来之时,世人心中的秘密都将暴露,所以,若你俩任何一方知晓有任何使你俩不能合法结合的障碍,请现在就承认。"二曰(对来宾):"我将宣布这对新人结为夫妻。若你们中有人知晓,按上帝的戒律或人间的法律,有任何使这对新人不能缔结神圣婚姻的障碍,请此刻就说出,不然就永远保持沉默。"此处的"障碍"(impediments)专指"合法婚姻的障碍"(如未达结婚年龄或重婚等)。

80 这两行诗(原文为两行半)通常能让西方读者联想到《圣经·新约·哥林多前书》第13章保罗对爱的论述。

81 塞壬(Siren)是希腊神话中一种半人半鸟的女妖,她们用迷人的歌声引诱航海者。

82 参阅《哈姆雷特》第1幕第5场第17行:"使你的双眼像星星脱离其轨道。"这两行诗的英文措辞基本相同。

83 此行意象又见于《错误的喜剧》第3幕第2场第4行和《维洛那二绅士》第5幕第4场第7—10行。

84 "我就是我"之原文出自《圣经·旧约·出埃及记》第3章第14节,当摩西问及该如何向以色列人介绍上帝时,上帝答曰"我就是我"(I AM THAT I AM)。

85 暗讽"犬儒主义",因为当时人们认为犬儒学派哲学家自命不凡,玩世不恭,不相信世人之所作所为是出于善意。

86 有莎学家认为这本手册即第99页第77首中言及的那本手册,诗人的朋友将其写满后又退还了诗人;也有评论家据本首第2—3行的措辞认为此手册乃诗人的朋友送给诗人的礼物。

87　"符木"乃古时刻痕计数的木签，刻痕后一分为二，由借贷双方各执一半为凭。此处喻朋友赠送的手册。

88　"更能铭记你的手册"喻诗人的记忆。

89　这里所说的"金字塔"可能指教皇西克斯图斯五世于1586年及其后几年在罗马建造的四座埃及式方尖石塔，或指1603年为詹姆斯一世的加冕典礼建造的纪念碑。

90　因富贵如浮云，转瞬即逝。

91　忧郁愤懑乃当时上流社会的一种时尚，莎士比亚在《皆大欢喜》中借描写杰奎斯的性格对这种时尚进行了剖析。

92　暗引《圣经·旧约·利未记》第1—3章中上帝让摩西晓谕以色列人如何献膳祭、素祭和平安祭（即感恩祭）之例。诗人借此讽喻真正的趋炎附势者只追求巴结形式而放弃了虔诚之心（爱心）。

93　"伪证人"大概指第121首中的"缺德者"之一，即第124首中被诗人传唤的那种人。

94　西方传统的时间肖像是一具一手持镰刀一手握沙漏的骷髅。

95　这首形式上并非十四行诗的"十四行诗"，可被视为本集第1—125首之跋。诗人在此告别了他的爱友（贵族青年），从下一首开始歌颂或抱怨他的情人（黑肤女郎）。

96　当代莎学专家、英国沃里克大学教授乔纳森·贝特（Jonathan Bate）和美国内华达大学教授埃里克·拉斯马森（Eric Rasmussen）认为，"这两对中间没有字的括号表示某种终止，或某种空白"。

97　参阅《爱的徒劳》第4幕第3场第247—261行，"……黑色是地狱的象征、囚牢的幽暗、暮夜的阴沉；而美应该像白昼一般明媚……"

98　参阅《哈姆雷特》第3幕第1场第145—146行，"上帝赋予你们一张脸，而你们却替自己另造一张"。

99　哭丧人身着黑服。这个比喻借自锡德尼十四行诗集《爱星者与星》第7首。

100　这首诗从语气上看似乎并不针对某一具体的人，但正如第94首显然包含诗人对其爱友的规劝之心，这首诗也暗隐着诗人对其情人的告诫之意。

101 诗人在第39首第2行中说他的朋友是他自己的一部分，即"另一个我"。此外，诗人在第35首和第40—42首中已经暗示过他这位黑肤情人的不忠。

102 你我他三人相互拥有，故一人为三人，一人施加的痛苦即三倍的痛苦。关于"三三得九"之戏说请参阅《爱的徒劳》第5幕第2场中俾隆和考斯塔德的对话。

103 第7—8行的言外之意是：他原本是前来替我向你求婚（担保我的人品），结果自己却坠入了情网。

104 因"我"竟然让朋友代"我"求婚。

105 这首诗和下一首中的"欲""愿""情"等字原文均用 Will 一词，且 Will（威尔）是莎士比亚的名字（威尔乃威廉之昵称）。这是当时文人爱玩的一种字谜，译文很难传达；但若按莎学家们的指点将这两首诗与第129首和第143首一起阅读，此谜之谜底便昭然若揭：Will 即欲（the term will meaning carnal desire—*Cliffs Notes On Shakespeare's Sonnets*, p.37）。

106 莎翁将情欲比作容纳百川的大海又见于他的《第十二夜》（又名《各遂所愿》）第1幕第1场第9—11行和《情女怨》第253—256行。

107 早期的英语读者肯定一眼就能猜出莎翁的这个字谜并体味其双关寓意，因为当时广为流传的《趣谜书》（*The Book of Merry Riddles*）第51个谜即：My lover's will / I am content for to fulfil; / within this rhyme his name is framed; / Tell me then how he is named?（我情人之所欲 / 我乐意去满足； / 他名字藏此谜； / 谁能把它猜出？）。读者只消把这首谜诗第1行末的 will（欲）和第2行首的 I am（我是）连成一字便得出谜底 William（威廉）。

108 这首诗与《爱情追寻者》第1首大同小异。

109 "五智"指常识、鉴赏力、想象力、判断力和记忆力。

110 基督教认为人生即受苦赎罪，既然诗人受苦，也就赎了罪，故曰"因祸得福"。

111 比较《维洛那二绅士》第2幕第2场第7行："让我们用神圣的一吻在我们的盟约上盖印"；《罗密欧与朱丽叶》第5幕第3场第114—115行："啊，嘴唇！……在永久的契约上印上合法的一吻！"

112 此行暗示黑肤女郎的新欢是有妇之夫。

113 "主妇"原文为 housewife，这个词在中古英语和某些方言中既指主妇，又指荡妇。

114 "公鸡"原文作 feathered creature（有羽毛的动物）。伊丽莎白时代上流社会的男子时兴戴羽毛头饰，文学作品中以此来比喻纨绔子弟或他们华丽的服饰。莎翁就在《爱的徒劳》第 4 幕第 1 场中借法国公主之口称唐·亚马多为"羽毛堆中的一片羽毛"（plume of feathers）。本诗中的 feathered creature 喻诗人的情敌。

115 参阅第 105 条注释。

116 此诗与《爱情追寻者》第 2 首大同小异。

117 倨傲乃七恶之首，撒旦就因倨傲而从天使堕落为魔鬼（七恶即基督教认为使灵魂得不到拯救的七种弥天大罪：倨傲、贪婪、淫欲、愤怒、饕餮、妒忌和懒惰）。

118 此诗原文每行只有 8 个音节，而其他各首每行为 10 个音节，有人据此认为这首诗并非出自莎翁手笔。

119 肉体乃灵魂之寓所，反之灵魂则为肉体的房客。

120 喻牺牲现世的肉体享乐以求灵魂被拯救。

121 《圣经·旧约·以赛亚书》第 25 章第 8 节云"上帝将吞噬死亡，直至永远"；《圣经·新约·哥林多前书》第 15 章第 26 节曰"上帝要毁灭的最后敌人就是死亡"；《圣经·新约·启示录》第 21 章第 4 节说"死亡将不复存在"。

122 《圣经·新约·罗马书》第 8 章第 6 节云："受欲望支配就是死亡，受圣灵管束便是生命与安宁。"

123 这行诗之原文通常会令西方读者联想到《圣经·旧约·诗篇》第 139 篇第 21 节："上帝哟，我多么恨你之所恨！"

124 参阅《安东尼与克莉奥佩特拉》第 2 幕第 2 场第 237—239 行，"极丑恶的东西一到她身上就会变成美艳，即使她卖弄风情时牧师也得为她祝福"。

125 参阅第 115 首第 13 行及第 78 条注释。

126 "良知"之原文 conscience（con-science）一语双关，一方面宣扬了文艺复兴时期人文主义的观念"爱使爱者升华"（Love exalts the lover.），但在另一方面，由于伊丽莎白时代和詹姆斯一世时代的文人常把英文 con（熟谙）作为法语 con（本义阴部，比喻性交）的委婉语，故当时的读者很容易从"良知"中读出"良辰春宵的知识"这个隐喻，从而把第 1—2 行读作："爱神尚年幼，不懂性欲是什么，/ 可谁不知晓性欲是由爱心唤醒？"

127　意为"请别说我缺乏 conscience（良知），以免我唤醒 con-science（性欲）来证明……"

128　此诗后 6 行中的"昂首挺胸""头脑膨胀"和"起伏上下"等委婉语之含义请参阅《罗密欧与朱丽叶》第 2 幕第 1 场第 23—27 行茂丘西奥的那段粗话。

129　此诗第 3—4 行意为：你若履行誓言与我相爱就毁弃了你与你丈夫的盟约，而你若因后悔而恨我则毁弃了你对我的盟誓。有莎学家据此认为首行中诗人所背弃的"誓言"不是指诗人与他那位俊友的金石之盟，而是指诗人与其妻（Anne Hathaway）的海誓山盟。

130　诗人对其情人（黑肤女郎）的歌颂和抱怨到此为止。后面大同小异的第 153 首和第 154 首可被视为本集的结束诗。

131　月神狄安娜是位贞洁的处女神，她的侍女宁芙们也都是守身如玉的处女。

132　《圣经·旧约·雅歌》第 8 章第 6—7 节云："爱之火犹如烈焰熊熊燃烧，水不能够将其浇冷，洪流也不能将其吞没。"

133　此诗与《十四行诗》第 138 首（见第 130 页）大同小异。

134　此诗与《十四行诗》第 144 首（见第 133 页）大同小异。

135　参见第 117 条注释。

136　此诗与《爱的徒劳》第 4 幕第 3 场第 58—71 行大同小异。

137　库忒瑞亚（Cytherea）是希腊神话中爱神阿佛洛狄忒的别名之一，因这位女神的崇拜地之一库忒拉岛而得名。阿佛洛狄忒的拉丁名即维纳斯。

138　此诗与《爱的徒劳》第 4 幕第 2 场第 105—118 行大同小异。

139　道兰（John Dowland, 1563—1626），英国作曲家及演奏家，曾在欧洲多国宫廷演奏，1596—1606 年在丹麦国王克里斯蒂安四世的宫廷任琴师，1612—1626 年为英王詹姆斯一世的皇家琴师。

140　斯宾塞（Edmond Spenser, 1552—1599），英国著名诗人，著有长诗《仙国女王》和诗集《小爱神》等。

141　在希腊罗马神话中，太阳神阿波罗身兼多职，诗歌和音乐都归他司管。

142　此行原文佚失。

143　参见《维纳斯与阿多尼》第 153 行（见第 16 页倒数第 3 节第 3 行）及第 6 条注释。

144　此诗与《爱的徒劳》第 4 幕第 3 场第 99—118 行大同小异。

145　朱庇特，罗马神话中的主神。

146　朱诺，朱庇特的妻子，罗马神话中的天后。

147　此诗的第 3—4 节在西尔万出版社 1947 年的版本中为第 5—6 节。译者出于对该诗内容合情合理的角度考虑，参考河滨版的文本顺序进行了调整。

148　莎士比亚的戏剧作品和爱情诗中，有一些对男欢女爱的自然主义描写，学界历来认为是莎翁对黑暗中世纪时期压抑人性的反抗，是莎翁人文主义思想的一种表现。

149　据希腊神话传说，忒柔斯是色雷斯国王，其妻普洛克涅是雅典公主，忒柔斯趁妻子的妹妹菲洛墨拉来探望姐姐时将其奸污。为掩饰其罪行，忒柔斯割掉了菲洛墨拉的舌头并将其囚禁。菲洛墨拉把自己的遭遇织进一幅挂毯，设法将挂毯送到了姐姐手中。普洛克涅得知丈夫的罪行后，杀子伊提斯并烹之，让丈夫食其肉。忒柔斯知情后欲杀姐妹俩，宙斯将姐妹俩分别变成了燕子和夜莺。

150　潘狄翁，雅典国王，普洛克涅和菲洛墨拉的父亲，忒柔斯的岳父。

图书在版编目（CIP）数据

莎士比亚爱情诗集：插图珍藏版 /（英）威廉·莎士比亚（William Shakespeare）著；（英）埃里克·吉尔（Eric Gill）绘；曹明伦译 . -- 南京：江苏凤凰文艺出版社, 2021.8（2023.6 重印）
　　ISBN 978-7-5594-5862-9

Ⅰ . ①莎… Ⅱ . ①威… ②埃… ③曹… Ⅲ . ①爱情诗 – 诗集 – 英国 – 中世纪 Ⅳ . ① I561.23

中国版本图书馆 CIP 数据核字 (2021) 第 082068 号

莎士比亚爱情诗集（插图珍藏版）

[英]威廉·莎士比亚 著　　[英]埃里克·吉尔 绘　曹明伦 译

编辑统筹	尚　飞
责任编辑	李龙姣
特约编辑	陈怡萍
装帧设计	墨白空间·Yichen
出版发行	江苏凤凰文艺出版社
	南京市中央路 165 号，邮编：210009
网　　址	http://www.jswenyi.com
印　　刷	天津联城印刷有限公司
开　　本	889 毫米 ×1194 毫米　1/16
印　　张	12
字　　数	154 千字
版　　次	2021 年 8 月第 1 版
印　　次	2023 年 6 月第 4 次印刷
书　　号	ISBN 978-7-5594-5862-9
定　　价	118.00 元

江苏凤凰文艺版图书凡印刷、装订错误，可向出版社调换，联系电话 025 - 83280257